CRÓNICAS Y CUADROS

GUSTAVO ADOLFO BÉCQUER

GACETILLA DE LA CAPITAL

Dos cosas tiene Madrid que cuando le place hacer ostentación de ellas se convierte en objeto de la envidia del mundo entero.

Su cielo y sus mujeres.

Lo cual es hablar de dos cielos.

Pues de ambos hizo ayer tarde magnífico alarde, como pudieron observarlo cuantas personas dieron una vuelta por el paseo de la Castellana.

Nosotros, que rara vez nos permitimos ese desahogo, abusamos ayer de la facultad de hacerlo, y por cierto que no nos peso.

¡Cuánto lujo! ¡Cuánta elegancia! ¡Qué magníficos trenes! ¡Qué esplendidez de belleza en las mujeres...! ¡Cuánto de maravillosamente bello y poético en el azul del cielo, en la luz del sol, en la tibieza de la atmósfera, en las tímidas ondulaciones de la brisa!

Para el observador, sobre todo, era aquello un elocuente libro abierto a las indiscretas miradas de los que analizan las cosas buscando el porqué de ellas.

Berlinas, carretelas, americanos, dogsarts y otras veinte clases de carruajes tirados por fogosos troncos; jinetes que galopaban por entre aquella doble fila de carruajes, como ansiosos de devorar con la vista la galería de mujeres hermosas que aquéllos contenían; modestos paseantes, que paso a paso subían y bajaban por doble avenida, mirando y quizás sin ser mirados; todo esto abundaba allí.

La gran mayoría de aquellas personas estaban allí porque es el rendez vous ordinario, donde se dirigen el principio de un saludo que se termina más tarde en un apretón de manos dado en los palcos del Teatro Real, o en los salones más aristocráticos de la corte. Otras personas van allí porque les place encontrarse entre las gentes de un círculo cuyas puertas les están cerradas. No pudiendo alcanzar otra cosa, se contentan con una mirada robada al acaso, o con la ilusión de una quimérica conquista que debe hacerles poseedores de una bella mujer y de una opulenta dote.

Vese también alguna que otra mujer, bella hasta causar la desesperación de las hermosas, que acaricia la esperanza de verse instalada en una de las coquetonas victorias que pasan a su lado, ocupadas por ricos y gastados solterones.

Finalmente, alguno que otro, curioso, solo y pensativo, ve las miradas de todas aquellas personas, lee en ellas lo que significan, comprende cuanto encierran de irrealizable, se sonríe, y cuando la sombra del crepúsculo dispersa a toda aquella sociedad que murmura «He aquí la noche», dice él, plagiando la frase, pero en el sentido de verdadero oráculo: «He aquí la realidad, he aquí el desengaño».

EL BARBERO DE SEVILLA - SEMÍRAMIS

El Guadarrama se corona de nubes oscuras, el salón del Prado se cubre de hojas amarillas y el Teatro Real abre de par en par sus puertas. Estamos en pleno otoño.

En las distantes orillas de Dieppe, Biarritz y San Sebastián, por donde hace un mes vagaban aún, alegres y bulliciosas como la Galatea de Gil Polo, las mujeres más lindas de la corte, no se oye ya sino el monótono ruido de las olas que van a morir suspirando en la desierta arena.

Las interrumpidas aventuras cuyos prólogos se desarrollaron en la playa a la poética hora del crepúsculo, en una deliciosa promenade sur mer, o a la dudosa claridad del reverbero de un coche del ferrocarril, tornan a reanudarse en el coliseo de la ópera, donde las historias de amor se enriquecen con curiosos capítulos, donde vuelven a aparecer las distancias que estrecharon el abandono y el sansfaçon de los viajes y las excursiones veraniegas, donde las heroínas se revisten de un nuevo carácter con la nueva toilette, donde por último la luz del gas, sustituyendo a la suave de la luna o la dorada del sol naciente, diríase que lo transforma todo, convirtiendo en drama de costumbres o cómico entremés lo que empezó en égloga o tierno idilio.

La noche de la apertura del teatro, mientras la orquesta preludiaba la deliciosa sinfonía de El barbero, esa sinfonía especial y característica que trae efectivamente a los oídos rumores suaves, como los que en las calles de Sevilla se escuchan a las altas horas de la noche, murmullos de voces que hablan bajito en la reja, rasgueos lejanos de guitarras que poco a poco se van aproximando hasta que al fin doblan la esquinas ecos de cantores que parecen a la vez tristes y alegres, ruidos de persianas que se descorren, de postigos que se abren, de pasos, de pasos que van y vienen, y suspiros del aire que lleva todas esas armonías envueltas en una ola de perfumes, nosotros, por no perder la antigua costumbre, paseamos una mirada a nuestro alrededor y recorrimos con la vista las largas hileras de cabezas de mujer que como un festón de flores coronaban los antepechos de los palcos.

La temporada lírica que comienza se ha inaugurado con tanta o más brillantez que la que ha concluido.

Unas lanzando chispas de luz de sus pupilas negras; otras entornando las largas pestañas rubias como para defender sus adormidos y azules ojos de la enojosa claridad; éstas con los hombros desnudos redondos y más blancos que la blanca gasa que los rodea, de modo que no se sabe dónde acaba el seno y dónde comienza el tul; aquéllas con los cabellos ensortijados y cubiertos de perlas semejantes a una lluvia de escarcha, trenzados con flores o salpicados de corales, y todas ellas vestidas con esas telas diáfanas y ligerísimas que flotan alrededor de las mujeres como una niebla de color que las hace destacar luminosas y brillantes sobre el fondo de grana oscuro de los palcos, estaban allí la flor y nata de las notabilidades femeninas de la corte; y las singulares por su hermosura, las que legislan en materia de modas, las que brillan por sus blasones, las que se distinguen por la alta posición que ocupan, las que merced a su dote fabuloso llaman hacia sí la atención de los aspirantes a Coburgos; ninguna faltaba a la gran solemnidad lírica.

Distraídos paseábamos aún la mirada de una en otra localidad, pasando revista a tantas y tan notables mujeres, cuando una salva de aplausos nos anunció que el telón se había descorrido y Mario se hallaba en escena.

Mario, tan distinguido como siempre, con la misma pureza en la frase musical, el mismo gusto y la desembarazada y natural acción que lo caracterizan, haciéndolo, por decir así, un tenor aparte de todos los otros tenores, cantó el delicioso andante Ecco ridente il di, recibiendo una nueva ovación del público al terminarlo. Entrar ahora a analizar las inapreciables condiciones de este artista y a juzgarlo cuando ya le ha juzgado Europa entera, sería tan inoportuno como inútil. A los que le han oído, ¿qué podremos decirles para ponderarles su mérito? Y a los que sólo por la fama tienen noticia de su nombre, ¿qué palabras habrá bastantes a darles una remota idea de lo que es?

Dejemos, pues, a Mario, de quien ya guardaba un indeleble recuerdo nuestro público y cuyas grandes y raras condiciones artísticas no habíamos podido olvidar, porque no se olvidan tan fácilmente las cosas que impresionan, para ocuparnos del señor Guadagnini.

¿Quién que ha estado en Sevilla no ha conocido al famoso barbero de Beaumarchais, a ese barbero típico, único quizá por sus cualidades y su carácter entre todos los barberos de la tierra? Ya no está en la calle de Francos: el peluquero montado a la francesa, que lee periódicos, tiene opiniones políticas y viste más o menos como sus parroquianos, le ha arrojado del centro de la ciudad; pero Fígaro, o mejor dicho, su descendiente en línea recta, se ha echado al hombro su modesto ajuar y, sin olvidarse de la guitarra, del tablero de damas y el tradicional sillón de aneas, ha ido a establecerse en los barrios que aún se conservan puros, en donde todavía hablan los amantes por las rejas, donde los vecinos forman la tertulia en mitad de la calle y las mujeres tienen tiestos de albahaca en la azotea y celosías verdes en los balcones. Allí hemos visto más de una vez agitarse, movida por el viento, su relumbrante vacía de aljofar que, colgada de un clavo y herida por el sol, brillaba a lo lejos como un disco de oro; allí hemos visto las persianillas adosadas al quicio de la puerta, y la vidriera empolvada en la cual sustituye a algunos cristales un medio pliego de papel; allí hemos oído su guitarra, donde preludia en los ratos de ocio cantares del país; allí le hemos sorprendido, por último, hoy, como en los buenos tiempos del conde Almaviva, escribiendo décimas para los enamorados del barrio, agenciando los matrimonios de los vecinos, disponiendo los bautizos de la parroquia, tomando parte en todas las intrigas, los jolgorios, las fiestas y las serenatas, y ya como poeta, ya como músico, en calidad de comadrón, de barbero, o de hombre ducho en materias amorosas, arreglándolo todo, metiéndose en todas partes, hablando como siete, moviéndose como él sólo, siempre alegre, siempre listo, siempre dispuesto a servir a cuantos le llamen en su ayuda.

En cualquier teatro el personaje de Fígaro necesita, aun dejando a un lado la parte puramente musical de la obra en que figura, necesita, repetimos, que lo interprete un cantante de condiciones especialísimas, muy dueño de la escena, y muy lleno de intención y de vis cómica; pero en un teatro de España, en un teatro donde el tipo es popular, son muy pocos los artistas que, disponiendo de todas estas facultades, han podido realizar ni aproximarse siquiera a lo que se finge la imaginación del público.

No obstante, en el Teatro Real se viene ya de antiguo encargando este papel importantísimo de la obra de Rossini a barítonos noveles o de pocas condiciones y, sin duda, consecuente en esta idea monsigur Bagier, ha presentado por vez primera al señor Guadagnini con una parte que todavía no se halla en disposición de desempeñar ni medianamente. Algo de esto mismo puede decirse del bajo Antonucci. Ni el uno ni el otro son artistas de bastante talla para figurar en primera línea en el Teatro Real al lado de Mario, y donde se guardan recuerdos de Ronconi y Selva.

Afortunadamente, para templar un tanto el disgusto que nos había producido oír la magnífica aria de salida de Fígaro cantada con tanta inexperiencia como pocos recursos, el conde de Almaviva templó su guitarra, y colocándose al pie del balcón de Rosina, comenzó la serenata, con esa gracia, ese abandono, esa claridad en la frase y ese sentimiento especial que, identificando la nota musical con la palabra, dan su verdadero valor a la música, constituyen la perfección del arte, conmueven el ánimo, y arrancan ovaciones espontáneas y calurosas, como la que el público hizo a Mario, al concluir su bellísima melodía.

De la Borghi-Mamo y del caricato Scalese sólo pudimos apreciar, aunque ligeramente, en el acto primero la calidad de las voces que nos parecieron simpática y fresca la de la una, y clara y sonora la del otro. Por fin acabó el acto, pasó el intermedio y apareció Rosina. Rosina es uno de esos tipos que tampoco hemos visto casi nunca interpretado con toda la gracia y la natural distinción que requiere. Esa mezcla de inocencia y malicia, de atrevimiento y temor, de niña mimada y mujer resuelta, es tan difícil de reproducir, es al parecer tan inverosímil, aunque en realidad es exacto, sobre todo en la época y en la localidad en que la ha colocado el autor del libro, que nosotros no titubeamos al asegurar que nunca, al menos en la parte mímica, hemos visto representar este papel completamente a nuestro gusto.

La Borghi-Mamo tiene una figura agradable, no carece de gracia, viste el traje de andaluza de ópera bastante bien y, sin embargo, no es Rosina: le sobra malicia y le faltan un poco de aturdimiento y algo de ingenuidad. Como cantante, la cuestión varía por completo. La Borghi-Mamo sabe cantar la música de Rossini todo lo que puede saberse cantar hoy que se ha perdido mucho la tradición de la escuela clásica en este punto. Posee una voz de mezosoprano, simpática, de buen timbre, y extensa lo bastante para recorrer con desahogo todas las notas de su tesitura. Frasea con claridad, vocaliza correctamente, y su método de canto es puro, aunque en algunas ocasiones lo desnaturaliza con alardes de bravura y transiciones bruscas a tonos bajos, que no siempre son del mejor gusto y que, tratándose de música de Rossini, están completamente fuera de su lugar. En el aria de salida el público la aplaudió con justicia, y en las variaciones de Rode que cantó al piano, en la escena de la lección, pudieron apreciarse todas las condiciones de agilidad, buen gusto y corrección que posee esta artista.

Las opiniones entre los profanos al arte y aun entre los inteligentes andan un poco encontradas acerca del mérito real de la Borghi-Mamo. Nada más difícil, en efecto, que formar un juicio exacto de las calidades de un artista sin oírla más que en una obra. Nosotros, teniendo en cuenta las buenas dotes que en ella hemos creído descubrir y no atreviéndonos a dar todavía una opinión concreta sobre cuestión tan ardua, ya que es moda en política colocarse en una actitud reservada viendo venir los sucesos, declaramos que en este asunto nos colocamos también en una actitud expectante, aunque benévola.

Scalese, que desde luego nos pareció un excelente bufo en el primer acto, acabó de confirmarnos en la misma idea en todo el resto de la ópera. Sin exageraciones ni bufonadas puso perfectamente de relieve el carácter del célebre doctor Bartolo, y dijo su parte con naturalidad y gracia, pronunciando clara y correctamente la palabra, y no dejando escapar uno solo de los muchos y cómicos detalles de la obra.

No obstante los esfuerzos de Mario, de la nueva tiple y del bufo, que desempeñaron bien sus respectivas partes, el conjunto de la ópera resultó frío y desigual. El barbero es una de esas obras olvidadas de puro sabidas; el público la conoce por compases; al oírla está constantemente estableciendo comparaciones, y es preciso una gran armonía en la ejecución y un refinado acabamiento en todos sus detalles para que logre interesar a los espectadores.

Hay partituras, y la de El barbero de Sevilla es una de ellas, que no se puede dudar un momento; es preciso cantarlas muy bien o dejarlas en el archivo y respetar su mérito y sus dificultades.

Con Fígaros como Guadagnini y don Basilios como Antonucci, créanos, monsieur Bagier, aun salpimentándolos y disimulándolos con grandes artistas, nunca se logrará hacer cosa que valga la pena.

La pluma ha ido corriendo distraída en las consideraciones a que se presta la ejecución de El barbero, y apenas si nos quedan veinte líneas para ocuparnos de la Semíramis, en que han debutado últimamente, a más de las hermanas Marchisios, el barítono Agnese.

La ejecución de esta grandiosa partitura de Rossini, como la de El barbero de Sevilla, no ha satisfecho al público sino a medias. Ha habido, como en casi todas las obras de esta importancia y de este género que se ponen en el Teatro Real, falta de armonía en el conjunto.

Las hermanas Marchisios recibieron una espontánea y merecida ovación en el dúo de tiple y contralto, que cantan admirablemente y donde hacen verdaderos prodigios de unidad, afinación y buen gusto. Algunos otros aplausos no menos bien merecidos recibieron ambas en el discurso de la ópera que, sin embargo, no logró entusiasmar al público por completo, parte porque ya se le resiste su forma anticuada, parte porque el abuso del género exclusivamente dramático de las modernas partituras ha hecho que le parezca insípido todo aquello en que predomina por igual, o quizás lleva ventaja lo que es puramente arte, y causa maravilla a lo que es sentimiento y conmueve.

Del barítono Agnese no puede formarse un exacto juicio por lo que le hemos oído hasta ahora. Aguardamos a que se nos revele en todas sus facultades en otra ocasión para pronunciar una opinión definitiva. No es Ronconi, ni Varezzi, ni bastante menos; pero se nos figura que ha de arrancar aplausos en las obras de moderno repertorio, fijando en sentido favorable la opinión del público que anda bastante dividida y que a última hora se colocó en una actitud poco benévola para con el nuevo barítono.

Del deplorable tenorcito, del acompañamiento de doncellas de Semíramis que parecían andar en enaguas blancas y chambra por los pensiles de Babilonia, de algún que otro guerrero con casco de escandalosa cartulina, y tal cual otra falta así del servicio del vestuario como de propiedad de la escena, ya echaremos un ratito de conversación con el particular amigo, el señor Bagier, al que aún no podemos decir, hasta ver el resto de la compañía, si se debe o no dar un voto de gracias.

Al terminar nuestra revista anterior, prometimos que en la siguiente nos ocuparíamos en la descripción de los bailes que en aquella sazón se preparaban. En efecto, la semana ha sido de bailes, y bien nos pueden faltar competencia o belleza de estilo, pero ciertamente no ha de faltarnos asunto.

Mil veces nos hemos preguntado qué impulso secreto pone la pluma en nuestra mano, a qué misterioso encanto obedecemos al ocuparnos en este linaje de trabajos; y en verdad que, si bien lo reflexionamos, pocas preguntas tienen tantas y tan concluyentes contestaciones.

¿Hay algo, acaso, que la imaginación esté más propicia a evocar que el recuerdo de los momentos de placer? ¿No abrigan todos en esos momentos el pesar de que sean tan breves, y no les asalta el deseo de fijar de algún modo su memoria? Pues ese deseo nos impele a nosotros a escribir estas revistas. Hacemos como el viajero que dibuja en su cartera los sitios pintorescos que halla en su camino: el viejo castillo que llevó su pensamiento a tiempos pasados, la verde colina que le prestó lecho dorada por los rayos del sol, el umbroso bosque animado por el rumor de los vientos y de las aguas corrientes, el lejano pueblecillo que blanqueaba sobre el fondo azul del horizonte y que enviaba hasta él un eco de paz y de ventura en el indeciso rumor de la campana de su iglesia. La vida es una peregrinación, y si los borrones de la cartera del viajero recrean su ánimo en las sombrías y largas veladas del invierno, ¿no nos producirán el mismo efecto estos renglones cuando llegue el invierno de nuestra vida?

Y, por otra parte, nos halaga la creencia de que muchos hermosos ojos recorrerán, movidos por la curiosidad, las líneas que trazamos en el papel. Parécenos, cuando escribimos, que se hallan ante nosotros aquellas celestiales criaturas que poco antes hemos visto risueñas, aéreas, envueltas, como en una nube, en ondas de ligerísima gasa, vagando en el perfumado ambiente de un salón de baile. Y como cuanto con ellas se relaciona tiene algo de agradable, de encantador, a pesar de nuestra gravedad característica, nos dedicamos con constancia, con amore, a investigar el nombre de las telas que visten, a estudiar la forma de los pliegues de su falda, el número y el color de las flores que adornan sus cabellos, los mil caprichos con que el arte concurre a realzar los atractivos de la naturaleza, y a veces, tal es el orgullo humano, nos creemos tan competentes en esa materia como las más expertas sacerdotisas de la diosa Moda. Ciertos bailes exigen, más que una revista, una crónica minuciosa y detallada. Nada hay en ellos que sea indiferente a la mirada curiosa de un observador, pero nosotros, guiados de un penchant irresistible, condensamos todas las fuerzas de observación de nuestro espíritu en la hermosa mitad del género humano. Vedlas descender del carruaje, envueltas en los pesados pliegues de sus abrigos que cubren celosamente el talle de ninfa y no dejan a la imaginación el más leve indicio por donde adivinar las perfecciones que ocultan. Pero subid tras ellas la alfombrada escalera y esperad un momento, que pronto la mariposa romperá su crisálida, y aparecerá viva, esbelta, elegante y alegre con todo el risueño esplendor de que la imaginación de un artista rodearía una imagen de la primavera.

Ya dentro de los salones, a las observaciones aisladas tiene que preceder lógicamente la observación del conjunto. En todo baile hay por regla general tres salones, cada uno de los cuales tiene su fisonomía especial y característica. El primero es el que podemos llamar salón por antonomasia. En él todo es movimiento, animación, alegría; ese salón es la imagen viva y animada de la juventud. Cuanto veis en él enciende en vosotros un fuego desconocido; hay en aquella atmósfera algo del ambiente que respiran los poetas en sus sueños; nosotros, por lo menos, no entramos en esos salones sin que involuntariamente murmuren nuestros labios alguna reminiscencia poética. Si un traje os roza al pasar, es siempre un traje ligero, vaporoso, cuyo contacto produce en nosotros el mismo efecto que el roce del ala de una mariposa; si escucháis rumor de voces, son voces suaves, argentinas, murmullo de aguas que corren, gorjeos de aves que cantan. Allí todo está saturado de juventud, de vida, de alegría: la joven que marcha sobre el parquet, ligera como una ninfa, y la flor fresca y perfumada que adorna sus cabellos, pobre reina de pensil esclava de la reina de los salones; el amor que nace arrullado por las armonías de la orquesta, y el amor que toma fuerza mayor en las frases entrecortadas y cambiadas entre las figuras de la danza. Y ciertamente que, aunque no tengáis parte activa en aquellos poemas de amor, no dejaréis de participar de sus emociones, porque hay en las miradas que se cruzan en aquel ambiente tal fluido magnético que parece que ejerce su influjo sobre todos los que encuentra a su paso. ¿Cuál es, si no, la explicación de las diversas impresiones que sentís en vuestro rostro mientras permanecéis en aquel recinto?

Entrar en el segundo salón es como avanzar un paso en la senda de la vida. Allí las flores están reemplazadas por los brillantes, las perlas, las joyas de valor; el movimiento es escaso, la conversación lenta, sosegada. Este es el sitio predilecto de los que no olvidan las combinaciones de la política ni aun en el bullicio de un sarao; bullicio, por otra parte, del que sólo llega a este salón un rumor escuchado con indiferencia, y confuso, como son en la edad madura los recuerdos de la juventud.

Hay, por último, un tercer salón del que no podremos dar más exacta idea que compararlo a esos estados de Alemania a donde cada ciudad es una pequeña corte con su correspondiente soberano. Cada rincón es una corte en esa estancia; allí imperan algunas reinas de la belleza o de la moda, rodeadas de su acostumbrada falange de admiradores.

No temáis que al entrar en el sarao ninguna dama se equivoque de salón; todas se dirigen a aquél adonde la llaman sus inclinaciones o sus circunstancias. Y no es esto sólo lo que tienen que elegir; una mujer experta y acostumbrada al gran mundo sabe siempre dónde le conviene más colocarse, ya sea donde las luces brillen con más esplendor, ya donde el espacio esté envuelto en un demijour conveniente; unas buscarán la proximidad de un espejo, otras consultarán el color de la tapicería. Son mil nimiedades que los pocos entendidos graduarán de insignificantes, pero que tienen más importancia de la que a primera vista parece.

Ahora bien: ¿en qué salón nos instalaremos? Nosotros, definitivamente, en ninguno; los recorreremos todos, que en todos tendremos amplio asunto de encomio y de admiración.

Y ya es tiempo de que nos dejemos de consideraciones generales y descendamos a los casos particulares.

Siguiendo un riguroso orden cronológico, debemos hablar primero del baile celebrado el jueves último en casa de los señores de Lassala.

Esta fiesta fue indudablemente una de las mejores que se han dado en Madrid, por la magnificencia de la casa, lo elegante y distinguido de la concurrencia y la esplendidez con que fue servida la cena. En casa de los señores de Lassala cada gabinete es un bijou, y especialmente el gabinete árabe que es verdaderamente delicioso.

El salón de baile y la galería estaban iluminados a giorno, reflejándose la profusión de luces en grandes espejos que aumentaban su resplandor y hacían resaltar la elegancia y el lujo de la toilette de las damas que en gran número asistieron al sarao y de las cuales procuraremos, en cuanto alcance nuestra memoria, hacer mención especial.

La duquesa de la Torre vestía de tul blanco, con adornos de azabache del mismo color y caídas de flores, y ceñía una magnífica corona de brillantes no menos elegante y suntuosa que su collar de perlas.

La condesa de Guaqui tenía un traje de tul blanco cubierto con tiras de plata y una sobretúnica de crespón verde, salpicada de estrellas de aquel metal. Llevaba un collar de brillantes y la cabeza envuelta en un velo de tul verde con estrellas de plata, que brillaban mezcladas con los brillantes de la diadema. No sabemos si ésta será una descripción exacta del traje, pero lo cierto es que era notable por su elegante originalidad.

Las marquesas de Sotomayor, de Camarasa, de la Habana, de Javalquinto, de San Miguel, de Peñas, de Vallehermoso, de la Mesa; las condesas de Sástago, de Goyeneche, de Fuentes, de Corres, del Real, de Villapaterna, de la Armería, de Scláfani, de Jura Real, de Fuenterrubia; las princesas Pío y de Volkosky; las señoras de Osma, Cavero, Bayo, Rávago, Hinestrosa y otras muchas lucían riquísimos aderezos y elegantes trajes. El de la duquesa de Fernán-Núñez era de tul blanco, con la fimbria, como diría un poeta, guarnecido de cintas de raso también blanco que formaban un enrejado, matizado de flores y uvas.

El de la señora de Saavedra era de tul blanco, con sobrefalda de crespón azul y guarnecido de encajes. Un aderezo de turquesas y perlas de cristal de roca completaban su elegante toilette.

La señora de Alfonso vestía de raso blanco. El adorno de la cabeza era de terciopelo verde con oro. En la garganta llevaba un collar de magníficas perlas.

Su linda hija lucía un traje a la griega, de gasa blanca y trencillas de oro, y en la cabeza, una corona verde con una lira de oro en el centro. La personificación de Haydée.

Las señoritas de Concha, Zavala, Bassecourt, Brunetti, Calderón, Caballero, Álvarez de Toledo, Cortina, Casa-Bayona, Benalúa, Armería, Guenduláin, Fuentes, Corres, Tamames, Loigorri, Monistrol y Ahumada llevaban esos trajes propios de las jóvenes que encantan la vista, pero que son difíciles de describir por su extremada sencillez. De hacerlo, tendríamos que incurrir en fastidiosas repeticiones, enredándonos en un laberinto de gasas y de tules. Eran sencillos, eran elegantes, los llevaban lindas jóvenes; después de esto, ¿habrá que describirlos?

La dueña de la casa, hermosa y tan amable y obsequiosa como siempre, vestía de tul azul y llevaba un aderezo de perlas negras y brillantes.

El cotillón terminó a las cuatro y media de la madrugada y la concurrencia se retiró en extremo complacida y citándose para el sábado siguiente en las suntuosas habitaciones de los duques de Fernán-Núñez.

Ya, en el pasado año, al ocuparnos en la reseña del magnífico baile de trajes que en ella tuvo lugar, describimos la magnificencia con que están alhajadas y los notables objetos artísticos que las adornan. Este año llamaba la atención un nuevo objeto, que es una lindísima jardinera de hierro con embutidos, debida al ya célebre taller de Zuloaga.

Así, pues, nada nuevo podemos decir sobre el soberbio marco del cuadro; hablemos de las figuras.

La señora de la casa es en un baile a los concurrentes lo que el general en jefe de un ejército a los soldados: de su rostro depende la alegría del ejército que manda.

Como el general en jefe, debe estar en todas partes; su vista necesita abarcarlo todo; su presencia, en ocasiones dadas, influye en el éxito de la batalla. La dama de la casa en que tiene lugar un baile necesita multiplicarse, dirigirse a todo el mundo, hablarle a cada uno en su lengua, como vulgarmente se dice, saludar, bailar, reírse, preguntar por los ausentes, enviar memorias a los que no han venido, manifestar su sentimiento porque la madre no haya traído a las niñas que apenas piñonean, el caballero a la esposa convaleciente, el pollo al amigo a quien había pedido permiso para presentar; su solicitud, su cuidado, su afán no puede tener en toda la noche punto de reposo, como no lo tiene el ánimo del general que vela incesante por la seguridad de sus legiones.

Las damas que «saben recibir», pues ésta es la frase en uso, son los verdaderos generales de la sociedad de buen tono, y en estas cualidades pocas o ninguna aventaja a la señora duquesa de Fernán-Núñez, de cuya amabilidad y finura son testigos cuantos concurren a sus brillantes saraos.

Llevaba la duquesa de Fernán-Núñez en la noche del baile a que nos referimos un vestido de tul blanco, rayado de verde y plata, tan elegante como sencillo y propio del papel que representaba en la fiesta; adornaban sus negros cabellos cuatro camelias blancas; y su cuello, un magnífico collar de perlas con un rico broche de brillantes.

Si no era reina de la fiesta, podía disputar el premio de la belleza y la elegancia la bella duquesa de la Torre, que ostentaba un vestido de tul blanco prendido con broches de brillantes que resaltaba sobre lazos de terciopelo negro. En la cabeza lucía una rica diadema de brillantes, de la que se desprendía, flotante sobre sus torneados hombros, un velo de tul ligerísimo.

Caprichosísima y de exquisito buen gusto era la toilette de la elegante y distinguida condesa de Guaqui: sobre una falda de blanco tul caía en forma de manto una sobrefalda de raso color de rosa, siendo del mismo color el cuerpo del vestido; la sobrefalda o manto de corte, pues era lo que parecía, estaba recogido hacia la mitad de la falda con dos broches de ricos brillantes sobre unas escarapelas del mismo color del vestido.

Sobre sus rubios cabellos y colocada de la manera más graciosa, llevaba la elegante condesa una corona ducal de magníficos brillantes que relucían sobre una segunda corona de plumas color de rosa.

Del mismo género era el vestido de la señora de Alfonso, de raso color de malva con encajes y aderezo completo de brillantes.

La linda marquesa de Villaseca vestía un traje de tul blanco, guarnecida la falda con un enrejado de cintas de terciopelo encarnado. En la cabeza y en el vestido ostentaba como adornos racimos de uvas negras y de oro.

La condesa del Valle iba vestida de tul blanco, con túnica de terciopelo granate, formando festones guarnecidos con flecos blancos y encajes negros; el peinado, en que se mezclaban las plumas y los brillantes, completaba tan linda como elegante toilette.

La señora de Saavedra y sus cuñadas las marquesas de Aranda y de Heredia llevaban trajes iguales, de tul blanco, salpicados de margaritas y con una orla de gazon. Las coronas eran asimismo iguales y formadas de flores salpicadas de brillantes. Los collares eran de perlas.

La marquesa de Guadalcázar lucía una rica corona de brillantes y un collar de gruesas perlas. Su vestido era de tul blanco con cintas de raso que disminuían en ancho hacia la cintura, y un festón de encaje.

El traje de la condesa de Scláfani era de tul gris con ruches de cintas de raso del mismo color y recogida con rosas la primera falda. Llevaba una corona de las mismas flores entrelazadas con hilos de brillantes.

La marquesa de la Mesa vestía de tul blanco con túnica de caídas de raso azul guarnecidas de plumas de cisne y encajes negros.

Falda de tul con túnica de raso azul era el traje de la condesa de Torrejón. La corona era de brillantes, y plumas azules formaban un fondo que hacía resaltar el brillo de aquellas hermosas piedras.

Sin duda, a causa de algún luto, la condesa de Vilches llevaba traje negro y adorno negro también con oro. Pero el mismo sombrío color daba a su natural hermosura un extraño carácter que la realzaba sobre manera.

Con adorno azul y oro vimos a la linda duquesa de Fernandina, con traje blanco y negro y adorno de brillantes; a la elegante viuda de Sobradiel, con traje blanco, que en vano quería sobreponerse al tinte nevado de su cutis; a la bella condesa de Villapaterna y otras muchas damas, la flor y nata del beau monde, todas dignas de mención especialísima, pero que, siendo en gran número, nos es imposible citar una por una.

Entrando en el salón de baile nos asaltó el deseo de una cosa imposible de realizar, pero que sería tan agradable y tan cómoda. Dar a nuestra pluma las condiciones de una máquina fotográfica que reprodujera sobre las cuartillas, con toda la verdad de la naturaleza, aquel océano de mujeres hermosas, los tules, las gasas, las coronas de flores, la animación y el movimiento, la belleza en una palabra del cuadro que está en el conjunto, por más que sus detalles aislados sean igualmente bellos. Pero si es imposible, que harto lo sentimos, resignémonos á faire de notre mieux, y sigamos nuestro modesto papel de narradores.

Las señoritas de Concha llevaban vestidos de tul blanco, uno adornado con rosas, otros con flores de perce-neige. Las mismas flores lucían en sus tocados.

El traje de la señorita de Osma era de tul blanco, salpicado de anclas de oro. El adorno de la cabeza y el collar eran también de oro labrado en la misma forma.

Si en el baile de la casa de los señores de Lassala, la señorita de Alfonso nos trajo a la memoria una poética creación de Byron, en el que ahora reseñamos nos recordaba a las náyades. He aquí el traje: falda de tul blanco con flecos de yerbas marinas que formaban en torno de ella airosas ondulaciones, y salpicada, lo mismo que el fleco, de gotas de agua. En la cabeza llevaba una corona de yerbas corales y una concha con una perla.

La señorita de Serradilla vestía traje blanco salpicado de flechas de plata.

Con trajes color de rosa, festoneado de blanco, estaban las señoritas de Brunetti; de blanco también, la airosa y elegante señorita de Castro; la de Alvarez de Toledo llevaba falda de tarlatanne blanco moteada de lacitos de felpilla encarnada y con volantes guarnecidos de terciopelo del mismo color.

De blanco y rosa vestía la lindísima señorita de Centurión; una corona de flores era el adorno de sus negros y hermosos cabellos.

Genoveva Miraflores... Lo hemos escrito y no lo borraremos, pero debemos pedir perdón por esto que parece falta de cortesía. Y lo parece, pero no lo es; decir Genoveva Miraflores sólo, es lo mismo que acompañar este nombre con los más altos dictados, porque ella se ha conquistado con su belleza el derecho de que todos la llamen solamente como nosotros lo hemos hecho: Genoveva Miraflores. Llevaba un traje blanco, con lazos de terciopelo azul, y no diremos más; de su belleza y de su elegancia harto hemos dicho al escribir su nombre.

No podemos más; el regente nos apremia, el número debe entrar en prensa, y nuestra cabeza, que ya lo está desde el principio de este largo artículo, comienza a sentir un vértigo producido por el recuerdo de tanta hermosura, por los nombres de las telas, tormento de nuestra inexperta memoria, por tanto y tanto detalle como queremos recordar y recordamos en efecto; pero, por desgracia, el arte de Gutenberg no ha llegado al punto de grabar los pensamientos al ser concebidos. Pero antes de concluir debemos hacer una manifestación solemne. Pedimos primero perdón por nuestro temerario empeño de lanzarnos a regiones desconocidas, convirtiéndonos en modistas. Lo pedimos después a las damas de que hemos hablado, por haber tomado su nombre y porque acaso no habremos acertado, nuevos como somos en el arte, en la descripción de sus toilettes, y a aquéllas de que no hemos hablado les rogamos que no atribuyan a olvido, lo cual sería altamente injusto y nos causaría un pesar, sino a lo breve del tiempo y a lo largo de esta revista. A unas y a otras les suplicamos que antes de arrojar el periódico piensen en las amarguras que hemos pasado al escribir estas líneas, luchando entre nuestro deseo de agradarlas y lo escaso de nuestras fuerzas; que si así lo hacen, estamos seguros de que una amable sonrisa vendrá a disipar su ceño, como el sol disipa con sus rayos las nubecillas de la mañana. Y en fin, veremos si para otra revista adelantamos algo, y si no, cederemos humildemente el puesto en que nos hemos colocado y forse altro cantera con miglior pletro.

BAILES Y BAILES

Un escritor célebre ha dicho, no recuerdo dónde: «¡Viva la juventud, pero a condición de que no dure toda la vida!».

Cuando el escritor célebre dijo eso, estudiado lo tendría, y yo no dudo que le asistieran poderosos motivos para exclamar de esa manera; pero de mí sé decir que no participo lo más mínimo de su opinión.

Cada día que pasa me arranca un profundísimo suspiro; veo mi juventud que se va, y la edad madura que viene, con su acostumbrado y lúgubre cortejo de desengaños, de esperanzas ya imposibles, de recuerdos, más amargos mientras más dulces sean los hechos a que se refieren; la edad madura, con las canas que comienzan a blanquear entre los cabellos, con el prosaico y paulatino desarrollo de la región abdominal, con el hablar lento, con el paso reposado, con la imaginación alicaída y con el deseo de una existencia tranquila, metódica, puramente materialista, por única explicación y exclusivo desideratum.

«¡Ah, primavera, juventud del año...! ¡Ah, juventud, primavera de la vida...!» Desear que la juventud pase pronto, ¿qué es sino preferir a las dulces mañanas de abril, regocijadas con el gorjeo de las aves, perfumadas con el aroma de las flores, doradas por los rayos de un sol resplandeciente cuyo ardor templan los halagos de las brisas murmuradoras como una caricia mitiga el fuego del amor; qué es sino preferir a esas mañanas las tardes desapacibles del otoño, con el fúnebre rumor de las hojas secas que el cierzo arrebata y confunde en un torbellino de polvo, con el quejido del viento en las casi desnudas ramas de los árboles, con el cielo triste donde vagan las nubes de ceniciento color, con el rumor sordo de las tempestades que se amontonan en el horizonte y con la perspectiva del invierno sombrío, amenazador, que se prepara a cubrir el cielo con el sudario de nubes y el suelo con un sudario de escarcha, imagen de la vejez, heraldo de la muerte?

Y luego las mujeres todavía son mi dulce manía.

No, sino acercaos a una de esas mujeres, flores animadas del jardín de la vida y que engalanan esta tierra de España, favorita de todas las flores; acercaos a ellas cuando algunas canas indiscretas asomen entre vuestros cabellos y los hondos surcos de vuestra frente anuncien la proximidad de los cuarenta años, y veréis lo que habéis perdido al perder la juventud. ¿Qué flor ha de sentir con placer el aliento de la escarcha?

Y esto si aún os queda siquiera sea un solo destello del brío que tan profusamente desperdiciasteis en las juveniles campañas; que si no, aún será más triste vuestra situación, que uno de nuestros más clásicos poetas contemporáneos retrata en los siguientes versos:

Siempre que veo tu gentil persona

exclamo con pesar: «¡Dios te bendiga!»

y me vuelvo tranquilo a mi poltrona.

Y me tomaría la libertad de corregir al escritor citado, exclamando: «¡Viva la juventud, y ojalá durase toda la vida!».

Estas reflexiones os demostrarán, lectoras mías, que yo soy de naturaleza reflexiva y dado a filosofías y meditaciones, porque habéis de saber que, mientras las hago, estoy viendo desde el sitio en que escribo agitarse en el salón del Prado una muchedumbre compacta que envía hasta mí, entre el ruido de los carruajes, el eco discordante de mil voces, cuyo timbre fingido es la más culminante armonía producida por el carnaval.

Si no temiera hacerme enojoso con mis digresiones, he aquí una ocasión propicia para deciros lo que se me ocurre acerca del espectáculo que estoy contemplando. Día llegará en que lo diga; pero entre tanto, y volviendo a mi tema, ¿no veis en esa muchedumbre que grita, se contrae y se agita con ímpetu verdaderamente frenético, algo que representa a la juventud, con su alegría expansiva y ruidosa, su movilidad in cesante y su indiferencia a todo lo que no sea el placer? Decid a esa multitud que el sol ha bajado, que el viento del Guadarrama sopla con más fuerza de la que debiera por que ¡vaya si hace frío!; decidle que una pulmonía se coge en menos tiempo que se piensa, y que atiendan cómo sus pulmones se estremecen dentro de las profundidades del tórax, presintiendo el funesto don que tratan de hacerles sus dueños y que basta para dar al traste con una vida registrada en la mejor sociedad de seguros. La multitud os contestará, si os contesta: «¡Me estoy divirtiendo; la vida es el presente; mañana será otro día!»

¿Y quién sabe si la multitud tiene razón? Pero basta de reflexiones: ¡en baile, en baile! Mucho tendría que escribir si fuera a dar razón detallada de todas las fiestas de bailes que en esta época del año tienen lugar en la coronada villa. Pero de algunas no hay necesidad de hablar porque, presentando siempre el mismo carácter e idénticos incidentes, nada nuevo se puede decir de ellas. Mi obligación de cronista me obliga a ir a todas por si ocurre novedad; pero no me obliga a repetir siempre lo mismo.

Y aquí dejo de ser yo, para ser nosotros, que ya salgo de mis reflexiones indispensables, para ser eco no sólo de mis propias impresiones, sino también de las de mis compañeros. El primero de los bailes celebrados en el Conservatorio no estuvo tan animado como se esperaba. El sexo feo se hallaba en considerable mayoría, y el sexo feo es lo menos divertido del mundo. La orquesta tocó lo que tuvo por conveniente sin que nadie se apercibiera de ello, y el baile, si así podemos llamar a una reunión en la que no se baila, concluyó a las cuatro de la mañana. Yo de mí sé decir que guardo recuerdos agradables y desagradables de esa fiesta. Los agradables se relacionan al aspecto del salón y a algunas máscaras spirituelles que la suerte amiga presentó en mi camino para hacer deliciosa la noche. Los desagradables se refieren al buffet, donde se servía en copas pequeñas el veneno de los Borgias con el nombre de vino de Jerez, emparedados de gutapercha, y en vez de té, una infusión de azúcar y plantas exóticas que le presentaban a uno preparada ya en la misma forma que si se tratase de una tisana.

Pero algo malo debíamos encontrar donde había mucho bueno; y el espíritu filantrópico, innato en las damas españolas, que daba origen a la fiesta, debía hacernos llevar con paciencia estas pequeñas contrariedades.

Los bailes del Circo del Príncipe Alfonso son dignos de mención por el elegante decorado de la sala, la brillantez de la orquesta, el excelente servicio del buffet y el buen orden que reina en la concurrencia. Tienen en contra suya el sitio donde se halla el local, cuyo clima es muy semejante al de Siberia; pero así como hay quien hace un viaje a esa región por estudiar la naturaleza, no dudamos en aconsejar al público un viaje a aquellos bailes que reúnen circunstancias muy a propósito para que se pase en ellos una noche deliciosa.

Las reuniones particulares no han escaseado tampoco. El viernes último dieron los príncipes Volkonsky un baile chico que estuvo muy agradable. La fiesta comenzó a las diez de la noche, prolongándose con igual animación hasta las tres de la madrugada. Los elegantes salones reunieron en su centro una escogidísima concurrencia. Entre las damas que asistieron, recuerdo a la condesa de Crivelli, Montefuerte e hija, Ripalda, Superunda, Torrejón, Croi, Fuentes e hijas, Villapaterna, a las marquesas de Villaseca, Sotomayor, del Duero e hija, Novaliches, Mesa de Asta, a la vizcondesa de la Armería e hija, a las señoras y señoritas de la Habana, Cortes, Soberal, Bassecourt, Chacón, Manrique, Ferraz, Caballero, Lassala. Perry, Povar, Uria, Brunetti y otras varias.

El domingo hubo reunión en casa de los duques de Fernán-Núñez. La fiesta tuvo lugar en las habitaciones altas siendo por decirlo así de medio carácter, es decir, que sin tener tanto movimiento, ni la importancia de un baile como el que hace poco reseñamos, se elevó a mayor altura que los chocolates que se han celebrado tan frecuentemente en la misma casa.

Inútil es decir que la pequeña soirée estuvo agradabilísima, a lo que como siempre contribuye en alto grado la extraordinaria amabilidad de los dueños de la casa. A las cuatro se bailó el cotillón, con todas las figuras que han hecho de esta danza la síntesis de todas, con sus aditamentos de banderas, puertas de papel que rompen al pasar los bailarines y demás caprichosas originalidades. Durante todo el sarao se sirvió un té elegante, que se convirtió, después de terminado el cotillón, en una espléndida cena. Al retirarse la escogida concurrencia presentaron las damas al señor duque y los galanes a la señora duquesa una petición para que, antes de que la rígida Cuaresma cerrase aquellas habitaciones, tuviese lugar en ellas uno de esos renombrados «chocolates», de los que tan agradable recuerdo guardan todos los concurrentes, petición a la que desde luego accedieron los señores duques con la galantería que les es característica.

De buen grado seguiríamos nuestra costumbre de citar a las damas que concurrieron a la fiesta y de entregarnos con ese motivo a los estudios de indumentaria que vemos con placer son del gusto y aprobación de algunos de nuestros colegas, que si no tuviera tanta modestia como talento, podría presentarnos de vez en cuando algún excelente modelo de ese género, cosa de que nos vemos privados con harto pesar nuestro. Pero estamos en carnaval, y ahora mismo tenemos que ir a otro baile del Conservatorio, y el tiempo apremia.

Mas ya picados del vicio del que ni nos arrepentimos ni queremos enmendarnos, ¿cómo no decir que la duquesa de Fernán-Núñez llevaba un lindo y elegante vestido de gasa blanca, adornado con cintas de raso del mismo color que formaban sobre la falda caprichosos dibujos y que adornaba su cabeza con flores de brillantes matices? ¿Cómo no dar a nuestras lectoras una descripción, siquiera sea brevísima, de la toilette que ostentaba la elegantísima condesa de Guaqui? Era una falda blanca rizada, cubierta con otra de tul blanco, también moteado de pequeños vellones que parecían en la forma y en color copos de apretada nieve. El cuerpo era de seda blanca, y de él caían cuatro largos picos, a manera de sobrefalda. Sobre los rubios cabellos de la elegante condesa se veía un adorno de plumas blancas, sobre los cuales descollaba un airón formado con tres bellas flores de brillantes, y de este adorno se desprendía hacia el lado izquierdo una toca blanca que caía sobre el pecho. Era el más delicioso conjunto de frescura y de novedad.

¿Y la marquesa de Villaseca? Nada más elegante y original que su toilette. Una falda de raso amarillo servía de viso a otra de tul blanco, medio cubierta por una sobrefalda, también de raso de aquel color, recogida en pabellones con ramos de rosas mezcladas con plumas de pavo real. El adorno de la cabeza se componía de dos flores, sobre las que se levantaba airosa una pluma como las ya citadas, en tanto que otra se prolongaba hacia atrás, prendiéndose en el peinado con un broche de brillantes, del que pendían caireles de las mismas piedras. El collar estaba formado de un solo hilo de brillantes de un tamaño y transparencia notables.

Lindísimo era también y de caprichosa forma, el traje color de rosa que llevaba la bella y elegante condesa de Villapaterna. La linda condesa de Javalquinto llevaba traje blanco, y ostentaba sobre sus sienes una diadema de esmeralda que rivalizaba en elegancia con el collar de las mismas piedras.

Brillaban por su ausencia, como hubiera dicho nuestro divino maestro, el célebre Pedro Fernández, la duquesa de Medinaceli y de la Torre sin que, a pesar de tan sensible falta, dejaran de formar un bellísimo conjunto la elegante princesa Pío, la distinguida señora de Bernar, la esbelta marquesa de Heredia, la condesa de Aranda, de singular donaire, la bella condesita de Torrejón, la señora de Encina, la vizcondesa viuda de la Armería, la elegante, bella y simpática señora de Saavedra, la señora de Alfonso, cuya toilette llamaba la atención por su novedad y buen gusto, la condesa de Fuenrubia, las de Gor, de Bejarano y otras muchas, todas notables por su elegancia y distinción.

Prestaban deslumbrador encanto a aquel mundo de gasas, cintas, flores y piedras preciosas, los bellísimos rostros de las señoritas de Miraflores, Concha, Serradilla, Brunetti, Ponce de León, Cánovas, Aranda, Caballero, Alfonso, etc.

Y ahora que nos hemos proporcionado el placer de poner de nuevo entre nuestros ojos y las cuartillas algo de aquel hermoso conjunto, caiga sobre nosotros, que arrostraremos impávidos su cólera como el varón fuerte de Horacio, la crítica de los Aristarcos. Sí; nos declaramos impenitentes y decimos a voz en cuello que nos halaga esta tarea y que muy a gusto nos convertimos en modistas, y que tales cosas vemos en los hombres políticos que, huyendo de ellas, nos refugiamos en ese mundo encantador, y hablamos de tules, y gasas, y aderezos, y coronas de flores, que al cabo son cosas que encantan la vista y recrean el ánimo... ¡Y qué lindas estaban...! Dicho esto, vámonos al Conservatorio.

He tomado una taza de café, apéndice para mí indispensable de la comida; he encendido un cigarro y, reclinado en la butaca, espero que llegue el momento de dirigirme al Teatro Real, donde se canta esta noche no sé qué ópera, pues he llegado a creer oportuno no tomarme el trabajo de averiguarlo, en la seguridad de que siempre será alguna de las que ya sabemos todos de memoria.

Por consecuencia, mi ocupación del momento se reduce a una cosa sencillísima y de uso muy frecuente en España: estoy haciendo tiempo.

¡Hacer tiempo...! He aquí un colosal absurdo, formulado en una frase que pronunciamos u oímos pronunciar un centenar de veces al día. Y cuenta que, al calificar de absurda esa frase, no es porque abrigue la opinión sustentada por algunos de que lo que hace el que hace tiempo es perder el tiempo. Para mí esa aparente inercia es, en ciertos caracteres, más provechosa y más fecunda en resultados importantes que lo es en otros la actividad más devoradora. ¡Cuántas grandes ideas, cuántos útiles descubrimientos habrán nacido o se habrán desarrollado en uno de esos momentos en que parece que el hombre se entrega al supremo placer del dolce far niente! Porque si la voluntad puede reducir el cuerpo a la inacción, no puede del mismo modo cortar los vuelos de la fantasía que a veces produce sus mejores frutos cuando está menos excitada, como son mejores los frutos que el árbol da espontáneamente.

Lo absurdo para mí consiste en el pensamiento envuelto en esa frase de que el hombre pueda hacer aquello que se le va de entre las manos y de lo cual apenas alcanza a formar idea. Recuerdo a este propósito lo que hace poco leí en una obra de san Agustín. El tiempo, dice el santo doctor, tiene tres modos: el presente, el pasado y el porvenir. Ahora bien, el pasado es lo que ya no es; el porvenir, lo que no es todavía; el presente parece el único de los tres modos que tiene algo de positivo. ¿Y cómo definir el presente? Cualquier espacio de tiempo en que se pretenda encerrarlo se compondrá de partes que pasaron y partes que no son aún. Entre estas dos nadas está el presente: ¿quién lo coge? Apenas hemos creído sorprenderlo, ya ha desaparecido: el presente huye con rapidez mayor todavía que la del pensamiento.

Esto respecto a la idea de tiempo, que respecto a su medida hay mucho que hablar. Como tengo la desgracia de guiarme por mis impresiones, ninguna medida me parece exacta. No puedo convencerme de que los días sean iguales, cuando unos se me hacen muy largos y otros muy cortos. Si le preguntamos a un hombre que libre su subsistencia a un sueldo mensual si un mes es más largo que un año, nos contestará resueltamente que sí, porque en el mes cobra una vez sola y en el año doce veces, y los treinta días que tiene que esperar la paga duran más que un año, que un siglo, que una eternidad.

Por el contrario, el deudor insolente a quien se le exige el cumplimiento de un pagaré, no puede convencerse de que haya pasado un año desde el día en que lo firmó, sino más bien estará dispuesto a creer que el calendario ha sufrido una modificación merced a las intrigas del implacable acreedor. Oigámoslos a todos: ¿ya ha pasado un año? ¡Parece mentira! ¡Si yo jurara que había sido la semana pasada!

Por eso decía un amigo mío que él no admitía la «legalidad común» del calendario, no habiendo concurrido a formarlo, y asistiéndole, por consiguiente, la misma razón que a los progresistas cuando rechazan la Constitución del 45.

Pero la verdad desgraciadamente indudable es que el tiempo pasa, y de ello bastan a convencerme las reflexiones que se me han ocurrido. Fácil era hace pocos años que yo, fumando un puro, arrellanado en una butaca y haciendo tiempo, me entregara a semejantes filosofías. Entonces mi imaginación sólo revoloteaba entre flores, como las mariposas, y ni el mundo era para mí otra cosa que una mansión destinada al amor y a la poesía, ni me acordaba de lo pasado, ni miraba hacia lo futuro, ni pensaba en lo presente sino para disfrutar del placer que me pudiera proporcionar, sin cuidarme de definirlo. Todavía tengo mucho de esto, pero ya voy variando con los años y haciéndome filósofo. ¡Efectos del tiempo!

Estoy temiendo que voy a pensar en lo mismo cuando esté en el Teatro Real. Para medir el tiempo, la música y, especialmente, el señor Sckozdopole ¡Es mucha batuta! El movimiento de aquel brazo tiene una exactitud mecánica igual a la que imprime una máquina de vapor. Se conoce que el señor Sckozdopole pone todo su esmero en el compás, mirando como cosa secundaria los demás accidentes. Así puede decirse que para ese señor todos esos accidentes que vienen a constituir el claroscuro musical se encierran en dos, como los preceptos del decálogo: fuerte y flojo.

Y si queremos oír óperas, no hay remedio: tenemos que aguantar una orquesta de profesores excelentes, pero que al entrar en el Teatro Real y colocarse en su sitio sufren una transformación que ni las de las Metamorfosis de Ovidio. Tenemos que ver con paciencia un servicio de escena y de vestuario que parece recogido en el rastro por algún anticuario ambulante de gancho y cesto, y que estaría fuera de lugar aun en el teatro de Getafe y de Valdemoro; en una palabra, tenemos que humillarnos ante la voluntad omnímoda del empresario privilegiado, y contentarnos con lo que nos ofrezca, y darle las gracias por miedo de que nos trate peor otro año.

Contra la tiranía del señor Bagier no hay más que una política que puede producir resultado: la del retraimiento. En tanto que dicho señor vea las localidades ocupadas y el dinero entrando en la contaduría, buen cuidado se le dará de los clamores del público y de las filípicas de la prensa. Al menos, hasta ahora así ha sucedido. Vox clamabit in deserto.

No olvidaré mientras viva la última representación de Los puritanos. Esta es mi ópera predilecta, entre las que componen el corto, pero sublime repertorio de Bellini, y ciertamente en ella nos dejó el inmortal maestro la más acabada manifestación de su genio. Para apreciar la importancia de esa obra, puede servir de dato una circunstancia que precedió a su aparición. Cuando Bellini la llevó al Teatro Italiano de París, al comenzar una temporada, ya se habían presentado tres obras más, entre ellas el celebrado Marino Falliero de Donizzetti. Entonces la empresa nombró un jurado de personas competentes que decidiera cuál de las obras presentadas merecía la preferencia. El acuerdo fue unánime, y Los puritanos ocuparon el primer lugar.

Desde esa época, ¡cuántos millares de veces se ha representado la deliciosa partitura en todos los teatros de Europa, y cuántos éxitos de entusiasmo ha merecido hasta venir a dar en el Teatro Real el año, de desgracia para el regio coliseo, 1864!

Y he aquí por qué El Contemporáneo no da hace muchos días las revistas musicales que echan de menos sus lectores. Para hablar siempre de las mismas óperas, para señalar las mismas faltas, para hallar solamente un motivo de elogio entre cien de censura, vale más no escribirlas. Pero, sin embargo, vamos al Teatro Real; tal vez la casualidad nos depare una buena noche y, al menos, si no oímos una ópera bien cantada, nos indemnizaremos contemplando el aspecto de la sala, siempre hermoso, siempre brillante, siempre respirándose en ella una atmósfera llena de belleza y de buen tono. Esto contando con que no esté a oscuras, que bien suele suceder.

Mas para ir mandaré traer uno de esos instrumentos de tortura, llamados coches de plaza, que más vale llegar descuadernado al teatro que andar pisando el sucio tapiz que cubre el pavimento de la coronada villa merced a las lluvias y a los adelantos de la policía urbana.

Dícese que cuando un silfo hace objeto de su amor a una beldad de la tierra, tiene que renunciar a la inmortalidad y a las alas que lo sostienen en los aires. El sacrificio no es escaso; pero sea que el amor de las sílfides no reúna todas las circunstancias apetecibles; sea, y esto es lo que yo creo, que hay en el mundo bellezas dignas del más penoso sacrificio, ello es que las leyendas nos hablan de muchos silfos que han renunciado heroicamente todos sus privilegios por entregarse a las delicias que proporciona el cariño de una hija de los hombres. Yo lo comprendo bien: hay mujeres por las cuales renunciaría a las alas del silfo, y a las de Mercurio, y a todas las alas conocidas, pero a condición de que me fuesen restituidas cuando lloviese, si había de vivir en Madrid.

Víctor Hugo tiene una bellísima poesía titulada El silfo, que puede servir de base para escribir una leyenda sobre los amores de esos ligeros espíritus del aire. Así como así, no sé con qué llenar mañana la sección de variedades de El Contemporáneo y, en vez de estarme aquí como un papanatas, pensando en las musarañas, podía coger la pluma y hacer algo de provecho. Pero ahí es un grano de anís. ¡Los amores de un silfo! Éste es un asunto que requiere meditación y estudio, y vale más dejarlo para otro día. Sin embargo, ¿qué escribo hoy?

Los lectores de El Contemporáneo están ya acostumbrados a mis insulseces, y no extrañarán que una más venga a aumentar su largo catálogo. Por otra parte, son suficientemente amables para perdonármelas. Vamos al teatro. A la vuelta escribiré lo que ha pasado por mi imaginación en este rato y habré salido del apuro. El epígrafe del artículo será... Haciendo tiempo...

A LA CLARIDAD DE LA LUNA

En el majestuoso conjunto de la creación, nada hay que me conmueva tan hondamente, que acaricie mi espíritu y dé vuelo desusado a mi fantasía, como la luz apacible y desmayada de la luna. Yo la espero siempre con impaciencia, la contemplo con amor, siento íntimo deleite al verme envuelto en su atmósfera tibiamente luminosa, y mis ideas toman nuevo giro, y paréceme que he vuelto a aquellos tiempos, tan próximos y a la vez tan lejanos, en que mi espíritu flotaba de continuo en una región de encanto y de poesía.

Hace pocos días contemplaba el ocaso del sol. Ardía en vivo fuego el horizonte, las nubes se desgarraban en el aire en ráfagas de encendido color, las olas en su movimiento arrastraban reflejos de llama sobre la superficie del mar; parecía que un vasto incendio envolvía en su rojo manto a la naturaleza entera. Sin embargo, a pesar de la belleza y majestad del espectáculo, mi vista buscaba un objeto que debía aparecer en la línea indecisa del occidente. Poco después se había puesto el sol, las nubes guardaron algún tiempo el reflejo de sus rayos y el horizonte la ancha faja de púrpura con que se adornaba, que poco a poco fueron tomando la tinta ceniciento del crepúsculo. Entonces ya pude ver, al lado del occidente, un débil hilo de luz que dibujaba la forma de un arco, inclinando sus puntas casi imperceptibles. En los siguientes días aquel hilo de luz fue apareciendo progresivamente a mayor distancia del ocaso del sol y, creciendo en graduación constante, pronto tuvo la forma de un semicírculo. Pero ya el resplandor luminoso de éste permitía ver la otra mitad del disco, cuyo diámetro, por una ilusión óptica, aparecía mucho menor. Y he aquí hoy el astro ostentándose en toda su belleza y esparciendo toda la noche su fulgor misterioso y sereno. Aquel hilo de luz casi imperceptible era la luna.

Nunca he podido hallar placer en contemplar ese astro con el prisma de la ciencia. Al estudiar la naturaleza, prefiero hacerlo a la luz de la imaginación que da a todos los objetos tonos vivos y calientes, rodeándolos con el ambiente esplendoroso que emana de la poesía que, si en verdad no siempre, las más de las veces muere al sentir el hálito frío y la severa mirada de la ciencia.

Al contemplar la luna pláceme considerarla vagando en libre giro por un espacio del que el pensamiento no alcanza los límites, y esparciendo en todo él las ondas de su luz vaga y transparente. La ciencia viene entonces a decirme que ese astro dista de la tierra 350.000 kilómetros, y me marca las leyes a que está encadenado su constante movimiento.

Me agrada darle el diámetro que presenta a nuestra vista, considerando cuanto de claridad hermosa se encierra en espacio tan breve. La ciencia se encarga de desvanecer mi ilusión, diciéndome que el diámetro de la luna es la cuarta parte del de la tierra, y su volumen la quincuagésima parte del que tiene el planeta que habitamos.

Mirando las manchas y los puntos más luminosos que aparecen en el disco, he creído ver en éste una especie de espejo móvil que refleja inconstantemente la figura de la tierra a las ondas inquietas del mar. La ciencia se compadece de mi error, y se apresura a brindarme su largo telescopio para que vea que aquellos puntos luminosos que menguan o crecen alternativamente, son las cimas de altas montañas que reciben los rayos de sol, y que las sombras de esas montañas, proyectándose sobre los anchos valles que se extienden a su pie, forman aquellas manchas oscuras que despertaban mi atención.

Y no me dejará la ciencia ni aun creer que la luz de la luna es efectivamente su luz. Me dirá que ese astro es un cuerpo opaco; me presentará para probarlo los eclipses de sol, en que el disco del rey del día se oculta detrás del disco negro de la luna, que no deja paso al menor de sus rayos, y me convencerá de que aquella luz suave que me enajena, no es más que un reflejo prestado que recibe de la inmensa hoguera del sol.

Y después de haberme enseñado todo esto, ¿qué me deja la ciencia en lugar de la encantadora ilusión que había formado mi fantasía? Me deja un planeta destrozado por la ación del fuego, oscuro como el caos, triste como el sepulcro, sin atmósfera sensible, sin vegetación, y en el que la vista sólo contempla valles profundos, estériles, abrasados, y altas mañanas, en cuyo seno hierve la lava de los volcanes que de cuando en cuando nos hacen el curioso presente de un aerolito.

¿Y eso es la luna, ese astro puro, sereno, misterioso, cantado por los poetas y tan querido de los corazones amantes?

Vedle en una de esas noches en que no empaña nube alguna el transparente azul del firmamento. Parece, según la expresión de un poeta, una gota de rocío resbalando sobre la ancha hoja del plátano.

Los objetos toman a su luz un tinte misterioso y fantástico. Los horizontes se alejan envolviéndose en un ambiente de indecisa claridad. Resbalan sus tibios rayos entre las hojas de los árboles, cuyas copas parecen cubiertas con un velo plateado salpicando el suelo de chispas de luz que se destacan entre sombras espesas y móviles. Reflejándose en la corriente de un río, su disco se dilata como profundizando para buscar las blancas piedrecillas que se ven en el fondo. Sobre el mar, su resplandor se extiende en dilatadas ráfagas que semejan velos ligerísimos de plateado tul, desgarrándose al más leve soplo del viento. Riela sobre las fuentes en lluvia de perlas, da la transparencia del nácar a la gota de rocío que se esconde en el cáliz de las flores, y derrama una suave melancolía sobre la naturaleza entera, que al sentir la impresión de sus rayos parece palpitar con esa emoción de placer indefinible que acompaña al primer beso de amor.

En esas noches serenas, y a la claridad de la luna, la imaginación ve aparecer sobre el haz de la tierra todos los quiméricos seres de la leyenda. Los gnomos, vigilantes guardianes de los tesoros ocultos, abandonan las minas de metales preciosos, las rocas submarinas, llenas de perlas y de corales, las grutas de cristal o de estalactitas; las ondinas rompen el muro transparente de su cárcel y, sentadas a la orilla de las aguas, peinan sus largos y húmedos cabellos; todos los seres fantásticos e invisibles que se ocultan en el seno de la tierra, flotan en el aire, se agitan en el fuego o se deslizan de entre las ondas de las aguas, aparecen entonces, confundiéndose en los mismos fuegos y entregándose a la expansión de su alegría. Sólo los silfos, hijos de la ardiente claridad del sol, permanecen ocultos en sus perfumados palacios, entre los pétalos de las flores.

A veces, como una casta matrona cubre su rostro con el velo si hiere su vista el espectáculo de la embriaguez, la luna se envuelve en un manto de nubes, entre las cuales asoma tal vez un rayo de su luz que entonces tiene un resplandor siniestro y sombrío. Esas son las noches en que los genios impuros congregan sus asambleas, y las brujas y los vampiros danzan en torno a Luzbel, prestándole homenaje.

La luna es compañera querida de los amantes. El hombre que una sola vez en su vida haya visto esa claridad velada que toma algo del color azul del cielo reflejándose en unos hermosos ojos humedecidos por el amor, ha podido ya percibir a través de aquella mirada una anticipada visión del paraíso. La belleza de una mujer parece que se aumenta si la contemplamos a la luz de la luna: este pálido reflejo, al iluminar su rostro, esparce en él una suave tinta de melancolía y lo rodea de una indefinible aureola que da a la belleza de la mujer algo de la celestial belleza de los ángeles.

Y ese astro tan bello, tan puro, tan melancólico, que ha inflamado la imaginación de los más grandes poetas y ha inspirado a Bellini una melodía que será imperecedera, ¿he de verlo tal como lo describe la ciencia? No; renuncio generosamente el telescopio científico. Quiero contemplar la luna como se presenta a mi vista y creer que es lo que parece, que si en esto pierde la ciencia, en cambio gana mucho la poesía, y váyase lo uno por lo otro.

Ya he visto los Campos, la flamante novedad de la villa y corte, y mis compañeros de redacción, para llenar un hueco del insaciable Contemporáneo, me piden que escriba en algunas cuartillas el juicio que he formado de ellos. Yo, que casualmente he vuelto a hojear los inmortales poemas con que Dante y Virgilio, rivalizando entre sí en grandeza y hermosura, pintan estos deliciosos lugares donde viven la vida de la inmortalidad las almas bienaventuradas de los héroes y los genios, y que me he empapado en su inspiración a la sombra de los seculares bosques que cubren la falda del Moncayo, por entre cuyos laberintos de verdura corren esas aguas limpias y transparentes cuyo rumor convida al reposo y a la calma, ¿qué he de decir a ustedes de mi primera impresión, sino que los Campos Elíseos de Madrid, comenzando por no ser ni campos, apenas tienen ni un átomo de Elíseos? Suele asegurarse que los jardines no se improvisan, y sobre esto hay bastante que añadir. Alquimistas que transformen el plomo en oro es lo que no han podido aún encontrarse; pero que hagan del oro cuanto de extraño y difícil la imaginación concibe, ya se han visto algunos.

Esto en cuanto a la posibilidad material de improvisar un sitio pintoresco, hoy que se arrancan de cuajo los árboles más añosos y hasta las rocas cubiertas aún de sus plantas trepadoras y sus musgos de mil colores. Improvisados son, por decirlo así, los jardines de Kensington de Londres, y allí se hallan bosques de abetos, de flotante y misteriosa sombra, cedros altísimos y palmeras entre una infinita variedad de flores exóticas y de plantas rarísimas. Allí rocas basálticas y graníticas que fingen precipicios abiertos por una convulsión del globo; allí lagos con todo género de embarcaciones antiguas y modernas, desde la góndola veneciana a la trirreme latina; allí monumentos de arte colocados sobre fondos característicos, como selvas druídicas, cascadas, torrentes y mares de verdura, por entre los cuales asoman, ora la flecha de una torre gótica, el caprichoso remate de un quiosco chino o el esbelto mirador de una construcción morisca.

Me dicen ustedes que estas maravillas de la osadía, la civilización y el dinero no son para hechas en nuestro país, al menos por ahora. Lo comprendo así y, por lo tanto, no las exijo. Pero, ya que otra cosa no, un poco de verdura de cualquier clase bien se pudiera haber improvisado. ¿Tan difícil o tan largo es formar praderas de gazon? ¿No hay plantas trepadoras de mil géneros que crecen, suben y visten los troncos de sus hojas y sus flores casi de la noche a la mañana? ¿No hay plantas de verano, de escaso mérito algunas, pero que al fin hacen bulto y dan olor y se reproducen con facilidad extrema?

Yo, digo la verdad, por ver algo que verdease, por oír algún rumor de hojas movidas por el viento, algo que me recordase el campo, hubiera sembrado de maíz y albahaca los jardines. Por lo demás, prescindiendo de la mala impresión que a su entrada me produjeron tanto lienzo pintado y tantos trofeítos de banderas sobre zócalos de pino imitando mármoles, amén del arbolado que en propiedad parece un vivero con pretensiones de alameda, ello es lo cierto que en los Campos Elíseos se pasan tres o cuatro horas todo lo más frescas y divertidas que, dadas sus especiales condiciones, pueden pasarse en Madrid y en verano. A mí me ha divertido, tanto o más que las cosas que para este objeto se reúnen allí, la buena fe y el afán con que el público pone cuanto puede de su parte para divertirse. La noche pasada, sobre la plataforma de la montaña rusa, y con grave peligro de caer en la trampa por donde irán los coches, he visto disputarse a más de cien personas el supremo placer de dejarse ir por la espiral abajo, más alegres y satisfechas que un chico que pesca en el Prado el coche de los galgos para dar dos vueltas. Era de ver cómo los caballeros respetables hacían valer sus derechos de prioridad para entrar en el coche, cómo las mamás, seguidas de sus intrépidas hijas, lo tomaban al asalto. ¡Qué codear, qué empujarse, qué pugilato, qué lucha costaba apoderarse de un asiento! Y es el caso que yo, que entonces como ahora encontraba inexplicable cuando menos aquel pueril afán, codeé, luché y me expuse a dejar la punta de la bota, con algún adherente, bajo la rueda del carricoche, por saltar a él y probar un poco de aquel sorbete de vértigo en miniatura que puede administrarse cada quisque por la módica cantidad de doce cuartos. Y no para aquí, sino que después de sacar todo el partido posible de la montaña rusa, hice mis cinco o seis disparos en el tiro de pistola, satisfice mi curiosidad respecto a saber lo que peso, me embarqué en la ría, y no di vueltas en los caballitos de madera temeroso de marearme; tal era la comezón de divertirme que, contagiado por el ejemplo de la multitud, me entró a última hora. Pero, aunque todo esto está bien, preciso es que confesemos que hasta aquí se trata de lo que pudiera llamarse la infancia del arte de distraerse, y que para pasar toda una noche tan inocentemente entretenidos, aun añadiendo a los mencionados placeres el de los fuegos artificiales, se necesita cierta dosis de bonhomie e inocente calma de que por desgracia no se puede disponer todos los días del año.

Afortunadamente los Campos Elíseos los ofrecen también un poco más serios, entre los que debemos contar en primera línea los musicales, si bien descartando siempre las habaneras coreadas y por corear, y el organillo que regocija a la gente menuda que se bambolea en los columpios. Nuestro país es el país de las anomalías. En todas partes y en los sitios de recreo que tienen algún punto de contacto con el de que me ocupo, entra la música como un accesorio y nunca se le exige ni al espectáculo lírico ni a los concertistas todo lo que en un teatro de ópera de primer orden, o en una formal academia de música. Aquí, por el contrario, el accesorio absorbe a lo principal. A los Campos Elíseos se puede ir, seguros de pasar un buen rato, a oír los conciertos que dirige Barbieri o escuchar una de las obras de los inmortales maestros de la privilegiada Italia, puesta en escena en el coliseo de Rossini, no a buscar alamedas frescas y sombrías, aguas vivas y corrientes, perfume de flores, murmullo de hojas y canto de pájaros.

Algo es algo, y aunque en la tienda de los conciertos se nota exceso de banderolas y falta de follaje, siquiera no fuese más que en tiestos y algún que otro saltador que refrescase la atmósfera, ello es que la música que se toca es buena, y que la interpretan generalmente bien. ¡Ojalá el público que la aplaude tanto la escuchase con más atención! Aquel ir y venir con las sillas al hombro, aquellas conversaciones sotto voce que ahogan los pianos de la orquesta y hacen que pasen desapercibidos ciertos primores de ejecución, acabaron por hacer necesaria en estas reuniones la adopción de esas tandas de valses, única música posible para oír y hablar a un tiempo. ¡Oh! ¡Si en una de las solitarias alamedas del valle en que vivo o en un rincón de mi silencioso claustro hubiese pillado para mí la más insignificante melodía del Perdón de Ploermel, de qué diferente manera me hubiera sonado en el oído, qué eco tan profundo no hubiese encontrado en mi alma! Pero para oír música es preciso venir aquí y oírla al par de la multitud indiferente, que ríe, habla y aplaude estrepitosamente. ¿Cuándo seré tan rico que pueda hacer que toquen para mí solo...?

El teatro de Rossini es cómodo a medias, pues le falta ventilación para ser de verano, aunque en sus localidades no me encuentro tan aprisionado como en las del Real. La decoración de la sala, en general, es de buen gusto, y en cuanto al servicio de la escena, los telones, los trajes y accesorios veo que los catalanes nos dan quince y falta a la gente de la corte, en cuyos teatros da grima ver los anacronismos que se cometen y la miseria y la falta de arte con que se exhornan los espectáculos. De los cantantes quisiera no decir nada y, de todas maneras, caso de decir, diré muy poco. En un tiempo era éste mi fuerte: ni Sendo, ni Florentino, ni el mismo Fetis tiraba tajos y reveses a los artistas con el aplomo que yo lo hacía; pero ahora he perdido los memoriales.

Como de cantar con la boca a cantar con la imaginación hay tanta distancia, suele sucederme que cuando estoy mucho tiempo sin oír música idealizo, por decirlo así, la manera de interpretar ciertos pasajes, y se me figura que los oigo resonar en el fondo de mi cerebro con una voz tan dulce y tan potente, con una expresión tan briosa o tan tierna, y un arte y unos matices tan pasmosos que luego, cuando vuelvo a la realidad y primero que me voy acostumbrando a ella, soy el filarmónico más difícil que puede darse. No es esto decir que se necesita de todas estas circunstancias reunidas para que la representación del Otelo, única a que he asistido en el teatro de Rossini, no parezca sino muy mediana.

El público, en general, aunque aplaudió en algunos pasajes de la ópera, creo que, como yo, no debió salir muy satisfecho de ella. Mongini canta bien, pero la inmensa creación de Shakespeare, los salvajes arranques de pasión del africano, no sientan bien en sus labios. El amor del amante de Desdémona ruge, no suspira, y Mongini sólo sabe suspirar bien. Si todos hubieran llenado su parte, al menos hasta donde debió presumirse que lo harían, tratándose de una obra de la importancia del Otelo, la señora Spezzia, que tiene talento y siente lo que canta, nos hubiera parecido a todos mejor. Pero aislada, en una ópera cuyos efectos son en la mayor parte de conjunto, sólo se la pudo aplaudir y yo, por mi parte, lo hice con gusto, y creo que con justicia, en la balada famosa del último acto.

He aquí en resumen y consignada al vuelo, mi opinión acerca de los Campos Elíseos. Sobre ellos se puede escribir más y mejor que hoy lo hago, y que, si no tanto como se debe, haré como alcance otro día. Pero ya esta noche es tarde y hace más calor del que puede soportar un infeliz, acostumbrado a climas más frescos.

A medida que he escrito las cuartillas se las han ido llevando a la imprenta. Pregunten ustedes si hay más de una columna, y si la hay, ya tenemos artículo para mañana y salir del compromiso. «Catorce versos dicen que es soneto», decía Lope de Vega. Once cuartillas suelen ser Variedades, con que le pondré el epígrafe a éstas, y hasta otra.

EL CALOR

Hará cosa de unos quince o veinte días, cuando no sin haberme dado antes mi remojón de costumbre, y mientras respiraba la fresca brisa del mar en la deliciosa playa de Algorta, desdoblé un periódico de Madrid, de cuyo nombre aunque quisiera no podría acordarme, y después de repasar aunque muy a la ligera sus artículos de fondo, sueltos políticos y partes telegráficos, tropecé en la gacetilla con una que me sorprendió agradablemente y que leí con tanto gusto como con extrañeza. ¡Nunca tal hubiera hecho! ¡Otro gallo me cantara, o mejor dicho, a otra temperatura me encontraría!

Pero detengámonos un instante para enjugar la gota de sudor que, haciendo las veces de lágrima, corre por nuestras mejillas, y ya practicada esta operación tan incómoda como indispensable, cojamos nuevamente primero la pluma y luego el hilo de la interrumpida historia.

Sentado estaba, pues, a la orilla del mar, no cogiendo «flores y conchas pintadas» como la Galatea de Gil Polo, sino con el periódico a vueltas y con tantos ojos abiertos y fijos en la gacetilla, cuando, como iba diciendo, tropecé con una que anunciaba, ¡cosa inaudita!, que el calor había tenido a bien no presentarse este verano en la corte, donde sus habitantes, encantados con la ausencia de tan incómodo huésped, lo pasaban a las mil maravillas sin necesidad de abandonar sus casas y exponerse a todos los azares y percances de una expedición veraniega. ¡Ah, fementido gacetillero! Pero no nos acaloremos, si es posible no acalorarse en esta estación, y vamos poco a poco y sin adelantar el discurso.

Después de esta especie de reclamo dirigido a los inocentes y barajados, con los detalles de una verbena, de una fiesta campestre o de la enumeración de algunas beldades conocidas que aseguraba haber visto pasear en el Retiro por la mañana o en el nuevo paseo de Recoletos durante las primeras horas de la noche, seguía el periódico dando noticias de los leones de los circos, de la hermosura de las amazonas ecuestres, de las gracias y las prodigiosas habilidades de los clowns, y por último, para acabar tan halagüeña pintura, de los Campos Elíseos, el vapor, la montaña rusa, los fuegos artificiales, los conciertos, el teatro, Mongini, Tamberlik, el Fausto de Gounod, el Guglielmo de Rossini, y qué sé yo cuantos otros placeres y distracciones que hacían de la estancia en la corte, durante los meses de la canícula, in illo tempore tan fatigosos y aburridos, poco menos que el goce de un edén, acabada copia y trasunto del de nuestros primeros padres.

¡A Madrid me vuelvo!, exclamé con el famoso personaje de Bretón, una vez terminada la lectura y completamente seducido ante la perspectiva de tantos y tan variados placeres como la villa y corte ofrecía a los que tuvieron el valor de esperar el verano, firmes en las trincheras de sus casas. Al mismo tiempo que dejaba escapar esta espontánea exclamación, doblando el periódico y disponiéndome a volver a la fonda para arreglar mi pequeña maleta, una ola verde y transparente, que poco a poco venía hinchándose a lo lejos y mostrando, a medida que se acercaba, mil tintes y cambiantes, luminosa, se deshizo casi a mis pies, y la brisa del mar trajo hasta mi rostro, como un delicioso beso de suavidad y frescura, los átomos de agua de su cresta que parecía una sábana de espuma al tenderse sobre la playa.

29/55

«¡No te vayas!», parecía decirme la ola con su doliente suspiro. «¡No te vayas! Yo te daré música con mis rumores y te acariciaré con mi brisa consoladora.» La verdad, como la ola acompañó sus promesas con los hechos, tuve un momento de duda, pero pasado el primer instante me sustraje a su encanto y le respondí: «Ya te conozco, vieja marrullera; tú sientes que, dada la señal, unos tras otro, todos los bañistas abandonen el campo; sientes que comiencen antes y con antes para ti esas largas noches y esos días nebulosos y tristes del invierno en que dando y volviendo a dar sobre la solitaria playa, nadie oye tu eterna canción sino los peñascos y las arenas que así hacen caso de ella como de los trenos de Jeremías. ¡Música! ¡Buena música nos dé Dios! Después de haber escuchado atentamente tus murmullos, de haber creído oír algo fantástico y extraño como canciones vagas, palabras sueltas, suspiros, lamentos, cosas lejanas de las náyades que viven en tu fondo, voltear de campanas de cristal de las ciudades que dicen que existen en tus abismos, oyéndote un día y otro, siempre esperando a percibir más claro lo que sólo adivinaba, he venido a sacar en consecuencia que todo ello no es más y permite que me familiarice hasta ese punto contigo que lo que en mi país se llama un camelo, y una vez analizados tus rumores se reducen a ruido siempre igual y fastidioso. No; no me pescas aquí por más tiempo; para música ya me cantarán en Madrid unas habaneras que llaman de don José, que será cosa de chuparse los dedos de gusto, y océano por océano, prefiero la ría de los Campos que al fin la tengo a las puertas de casa».

Y esto diciendo, me levanté para marcharme a la fonda sin hacer caso del mar que siguió murmurando a mis espaldas.

Y tomé el camino y volví a Madrid, y caí en la corte el día 3 de agosto del año de gracia de 1864, con treinta grados de calor en termómetro Réaumur. ¡Esto es una indignidad, un escándalo, un abuso de confianza! ¿Es éste el verano delicioso que tanto cacareaban los gacetilleros? ¿Se saca así a un hombre honrado del sitio donde se defiende como Dios le da a entender de los rigores de Febo para hacerlo el blanco, o, mejor dicho, el negro de sus encendidas saetas? ¡Oh! ¿Y cuándo acabaré yo con esta funesta debilidad de darle crédito a lo que veo en letras de molde, debilidad que llega hasta el punto de que lo escribo hoy en broma, y yo mismo lo tomo en serio al otro día al verlo impreso? ¡Esto no es ya calor, es ir embozado en un manto de plomo candente como los comparsas de la procesión de los hipócritas en el infierno del Dante! La luz me persigue, me acosa, me acorrala durante el día. Se entra osadamente en mi habitación por las rendijas de las puertas, por el agujero de la llave, hasta creo que se transparenta a través de las paredes de estas casas de cartón en que vivimos. En vano ensayo, en los paroxismos de calor, volver a la primitiva hoja de parra de nuestros primeros padres, la atmósfera me quema más que la camisa, el gabán y el chaleco. ¡Esta tiranía de la estación es insoportable, porque contra ella no cabe ni el consuelo de hacer manifestación aunque fuera pacífica!

Cuando el sol cae a plomo sobre la coronada villa, cuando los objetos se visten todos de una luz blanca de puro intensa que abrasa y deslumbra como la del rayo, cuando la sombra se encoge y se mete debajo de los pies, cuando la bola negra del ministerio de la Gobernación anuncia -creo que seguirá anunciándolo-, que el sol pasa por el meridiano de Madrid, es un verdadero delirio el que me acomete. Yo sueño, sumido en una especie de sopor inconsciente, con todo lo fresco que he sentido o me he imaginado en mi vida. Me acuerdo del alcázar árabe de Sevilla, de sus pabellones bañados en dulce oscuridad, casi ocultos entre la espesa sombra de los acopados naranjos, con el suelo y los muros vestidos de azulejos de colores y la fuente morisca al haz del suelo, con su saltador de agua que se desparce en átomos cristalinos y parece la voz de una odalisca que canta una de esas monótonas canciones que convidan a dormir y a la que sólo falta el acompañamiento de la guzla; me acuerdo de esas grutas cuya entra da bate el mar con un murmullo incesante y en cuyo fondo el agua, que se destila cayendo gota a gota por entre las hendiduras de las peñas, forma caprichosos caireles góticos, arcadas sin fin y mujeres informes, blancas y fantásticas, que pueden besarse sin sentir el repulsivo contacto de la piel ardiente y sudorosa, porque son de cristal frío y delicioso. Me acuerdo..., ¡qué sé yo!, de cosas que no debería acordarme, porque no las he visto sino con la imaginación, del fondo del océano, con sus árboles de coral y su arena de perlas; del sol, al cual con tanto gusto le haría una mueca desde el fondo de las aguas, y que en vano intentaría vengar la irreverencia tostándome, porque sus rayos, a través de las masas líquidas, irían poco a poco perdiendo su color, hasta convertirse en una confusa claridad suave e inofensiva; de las náyades, en fin, con sus ojos verdes y su cabellera flotante de algas marinas, las cuales se deshacen entre los brazos como el agua de que están formadas y tras de las que yo correría por aquellos inexplorados laberintos sin hacer caso de sus papás los tritones, que conversarían tranquilos entre sí, acariciándose las barbas largas y cubiertas de rocío, mientras loqueaban las chicas. Pero, ¡a qué decir de todo lo que yo me acuerdo y todo lo que envidio, si hasta vuelvo los ojos con placer hacia la Siberia, juzgo felices a los polacos deportados a sus soledades, y me son simpáticos sus osos blancos, sus lobos hambrientos y sus eternas nieves! ¡Ola fresca, transparente y verde, que en la playa de Algorta me brindaste con tu música de murmullos halagadores y tu espuma dispersa al aire en menudo rocío, si el eco de mis lamentaciones llega en alas de la brisa a la distante playa a donde, después de besar las costas españolas, habrás ido a tenderte de nuevo, duélete de mí y perdóname, que harto cara pago mi incalificable tontería!

-Pues créalo o no lo crea, la verdad es que hasta que usted ha venido no ha comenzado a hacer calor en la corte -me dicen las personas a quienes me quejo del engaño de los periódicos.

¡Ah! ¡Detestable estío!, ¿con que ésa me tenías guardado?; ¿así me pagas los innumerables versos de arte mayor y menor con que en mi adolescencia, y cuando yo hacía versos a porrillo a cuanto se me ponía por delante, he cantado tus engañosos placeres? Esta ingratitud me conmueve, voy a limpiarme de nuevo el sudor, ya que a pesar de todo las lágrimas son tan rebeldes que se niegan a acudir a mis ojos, secos como el esparto.

Hecha esta maniobra, vuelvo a tomar la pluma y prosigo. Si yo pudiera estar sentado en el aire y escribir sobre una nube como los evangelistas que pintan en las cuatro pechinas de la rotonda de las iglesias, ¡con cuánta comodidad no terminaría este articulejo! Pero es necesario resignarse y permanecer en el potro del tormento sobre el asiento que arde, junto al bufete que abrasa, con esta bomba de luz que me marea y me atosiga como si tuviese un meteoro de fuego en la nariz.

¡Y escriba usted! Y díganos lo que le parece de los espectáculos de la corte. ¿Qué he de decir si me parece que el calor me pone un velo delante de los ojos a través del cual todo lo encuentro insoportable? ¡También debe añadirse a esto que estoy en desgracia, en una verdadera desgracia! Me acerco a una mujer, y veo con dolor que también sudan las mujeres, y que las gotas le corren por la mejilla y le caen sobre los tules del seno, tintas en el carmín y en el albayalde del rostro. Voy a un circo. ¿Para qué? Para perderles la alta consideración en que hasta aquí tuve a los reyes de la selva, avergonzándome, después de presenciar el miedo y la bajeza de que son susceptibles, de ver leones acuartelados con los castillos de nuestra noble bandera. Y salgo de un circo y voy a otro donde una niña cruza sobre un alambre llevando a su hermanito sobre los hombros, mientras el padre goza satisfecho de esta explotación incalificable. Al menos Blondin era lo bastante talludito para tener conciencia del peligro a que se arriesgaba y voluntad propia para hacerlo o dejarlo de hacer. Pero esos infelices...

Vamos a los Elíseos. Pegadores portugueses. ¡Qué espectáculo tan bonito! Hombres que luchan en bestialidad con el toro y se revientan a la luz del gas para entretener a los desocupados; y negritos que rejonean y mujeres que ponen banderillas; ¡y todo esto caro, porque lo que vale se paga! En tanto, las habaneras de Cómo sigue usted, y el ruido de la montaña rusa que ataca los nervios, y los placeres de la ría donde llega el agua a los tobillos y, por último -¿decidme si no es una verdadera fatalidad?-, voy a oír a Mongini, y me canta el Otelo; torno esperando a escuchar el Poliatto de Tamberlik, y... ¿a qué asisto?

Veo una decoración de templo pagano cuyo fondo semeja la cristalería de un bazar, a un procónsul de Roma que va y vuelve tan satisfecho por un salón gótico con su correspondiente retablito ojival y sus santos pintados en tabla, la escena de un triunfo en la capital del mundo que da ganas de salir vencido por no ser arrastrado con semejante carricoche por reyes de aquella catadura, y si de las decoraciones y los accesorios vengo a los cantantes, asisto a la aparición angustiosa de la sombra de un grande artista, a recoger con dolor las últimas y veladas notas de Tamberlik, de Tamberlik que a juzgar por su debut en el Teatro Rossini se va del mundo del arte.

Todo esto no se puede soportar tranquilo en las circunstancias más normales de la vida; ¿qué efecto producirá en mí, con un calor de treinta grados, para ayudar a arderme la sangre? Y en vano espero un día y otro. El calor no cede; se ha empeñado en arrojarme de Madrid y lo conseguirá; casi puede decirse que lo ha conseguido, porque en este momento tengo ya en la cartera el billete del ferrocarril. Adiós, abrasada pluma, que te escapas como ansiosa de que te deje en paz de entre mis sudorosos dedos; adiós, compañeros de redacción y de martirio; adiós, corte de las Españas, que más que corte pareces un horno, adiós. Como el personaje de Bretón exclamo, siguiendo el hilo de sus percances, aunque en sentido inverso: «Me voy de Madrid». Me voy de Madrid, y me voy para no volver hasta que se tirite.

Deseando dar a nuestra publicación el carácter verdaderamente original y artístico que su índole requiere, ofrecemos hoy el primero de una interesante serie de dibujos de escenas, de costumbres, tipos y trajes de las diferentes provincias de España, debidos al lápiz de don Valeriano Bécquer. Hoy, que el movimiento natural de la época tiende a transformarlo todo procurando imprimir a los diferentes pueblos de España ese carácter de unidad que es el distintivo de las modernas sociedades; hoy, que vamos siguiendo este impulso, desaparecen unos tras otros todos los vestigios del pasado, cuya pintoresca originalidad amenaza convertirse en la más prosaica monotonía, a nadie pueden ocultarse la importancia y el interés de este género de estudios. Pensionado el señor Bécquer por el gobierno de su majestad para recorrer con este objeto las diferentes provincias de España, creemos que los suscriptores de El Museo verán con gusto los apuntes de su cartera de viaje.

Poeta y soldado a la vez, como Cervantes, como Lope, como Ercilla y como tantos otros egregios varones, orgullo del Parnaso castellano, el duque de Rivas, cuya muerte deploramos hoy, mantuvo en la historia de nuestra literatura la gloriosa tradición de aquellos peregrinos ingenios españoles, verdadera encarnación de nuestro espíritu nacional, que así manejaban la pluma como la espada.

Nosotros quisiéramos disponer de espacio bastante y tener el talento suficiente para trazar, adornándole con las galas del estilo, el brillante cuadro de su existencia, desarrollando unas tras otras sus escenas desde los tiempos en que, joven e inflamado su espíritu por el amor patrio, regaba con su sangre los campos de Ocaña, hasta la época en que, lejos ya del tumulto de los combates y de las agitaciones de la vida pública, levantaba un monumento indestructible a nuestras glorias nacionales con su Romancero histórico.

Ni la índole del periódico, ni la premura del tiempo, ni el espacio de que podemos disponer, nos permiten tentar siquiera una empresa que por otra parte estamos seguros que han de acometer y llevar a término más autorizadas plumas.

Al escribir lo que ni aun nos atrevemos a llamar bosquejo biográfico del notable poeta cuyo nombre sirve de epígrafe a estas líneas, nos limitaremos, pues, a apuntar algunas de las fechas más notables de su vida.

Don Angel de Saavedra, el popular autor de Don Alvaro, nació el 20 de Marzo de 1791 en Córdoba y fueron sus padres don Juan Martín de Saavedra y Ramírez, duque de Rivas, y doña María Dominga de Baquedano y Quiñones, marquesa de Andía y de Villasinda. Siguiendo la tradición constante en las casas más ilustres de dedicar a los hijos segundos bien a la carrera de la Iglesia o a la de las armas, los padres del popular poeta, que se hallaba en este caso, hubieron de pensar desde muy temprano en enderezarlo por este último camino, pues cuando apenas contaba algunos meses ya habían conseguido para él la banderola de guardia de Corps y el título de caballero de justicia de la orden de Malta.

Los primeros años de su vida los pasó en la hermosa ciudad donde había nacido y en la cual estuvieron encargados de su educación literaria y artística monsieur Tostin, canónigo francés, emigrado de su patria a causa de los disturbios políticos que la agitaban por aquella época, y monsieur Verdiguer, escultor notable, que por las mismas razones se había establecido en Córdoba.

A la muerte de su padre que tuvo lugar en el año de 1803 y en Madrid, adonde se había trasladado con toda su familia, ingresó en el Seminario de Notables, donde logró distinguirse, dando muestras de las felices disposiciones de su talento, no sólo en los diferentes estudios a que se dedicaba, sino en algunos recomendables, aunque tímidos, ensayos literarios.

Pero «la época no era de poesías, era de armas», dice uno de sus biógrafos al llegar a este punto de su vida. En efecto, la época no era de poesía escrita, de esa poesía que nace en el silencio del gabinete al calor de la inteligencia, como una hermosa y delicada flor del ingenio; era época de grandes pasiones que exaltaban los espíritus; épocas de trastornos, de peligros y de combates; época de poesía en acción; época, en fin, la más adecuada para desarrollar en la mente de los hombres destinados a romper más tarde las enojosas trabas de la poesía de academia, los gérmenes de la grande, de la verdadera, de la tradicional poesía española.

La guerra de la Independencia había comenzado. Los héroes que habían de escribir con su sangre tantas y tan brillantes páginas de nuestra historia hacían frente a los invasores cuando, henchida el alma de noble ardimiento, don Angel de Saavedra, acompañado de su hermano mayor, entonces duque de Rivas, fue a reunirse con los valientes que peleaban en defensa de la patria.

Las orillas del Ebro, las llanuras de León y los campos de Alcalá fueron testigos de los diferentes combates en que ambos hermanos se distinguieron peleando esforzadamente, aunque con adversa fortuna. Por último, don Angel cayó herido mortalmente en la desgraciada acción de Ocaña, en cuyos campos fue recogido durante la noche de entre los muertos, y transportado a un pueblecillo de las cercanías, donde aún postrado en el lecho escribió el bellísimo romance que comienza:

Con once heridas mortales, hecha pedazos la espada....

uno de los más sentidos y populares de su autor. El soldado, como se ve, no dejaba en ninguna ocasión de ser poeta.

Retirado a Córdoba para restablecer su salud, tuvo que abandonar también esta ciudad para refugiarse en Cádiz cuando los franceses, una vez forzado el paso de la Sierra Morena, se derramaron por Andalucía. En Cádiz tuvo ingreso en el cuerpo de Estado Mayor, y sin descuidar los trabajos facultativos propios de su carrera, prosiguió cultivando la poesía y la pintura.

En esta ciudad comenzó los Resúmenes de la guerra de la Independencia, redactados sobre los partes oficiales; escribió en un periódico militar; dio a luz un folleto en defensa del cuerpo a que pertenecía y compuso la caballeresca poesía histórica titulada El paso honroso.

Concluida la guerra, y siendo ya coronel efectivo, se retiró a Sevilla, donde reunió algunas de sus poesías, dándolas a la luz en dos tomos.

Por este mismo tiempo escribió para el teatro las tragedias Ataúlfo, Aliatar, Doña Blanca, El duque de Aquitania, que no llegó a representarse y, por último, Malek-Adhel, la más notable de todas ellas. Elegido en 1822 diputado a Cortes, interrumpió para ocupar su puesto un viaje que había comenzado con objeto de estudiar por encargo del gobierno los establecimientos militares de los principales países de Europa. En el Parlamento, donde sostuvo ideas muy avanzadas, logró hacerse aplaudir por sus discursos políticos teniendo un gran éxito con el que pronunció aprobando la conducta observada por el general San Miguel respecto a los gabinetes extranjeros que formaron la Santa Alianza.

En esta época en que principalmente se ocupaba de política, escribió la tragedia titulada Lanuza.

Los sucesos políticos le obligaron en 1823 a emigrar a Inglaterra, donde se reunió con otros muchos hombres notables que por las mismas causas tuvieron que alejarse de su país.

A bordo del buque en que abandonó las costas españolas escribió la composición titulada La despedida, en que se revela su verdadero carácter poético, original y espontáneo.

En Londres compuso la sátira aún inédita, titulada Un peso duro, el poema titulado Florinda y El sueño de un proscrito.

Durante la emigración contrajo matrimonio con la distinguida señora, hoy duquesa viuda de Rivas, y en compañía de su joven esposa, y después de haber vagado algún tiempo por Italia, se fijó en Malta.

En este punto contrajo amistad con varios hombres notables, y muy particularmente con Mr. Frere, embajador que había sido de Inglaterra en España y persona ilustradísima, a quien nuestro poeta debió el conocimiento de los autores clásicos ingleses y alemanes, con cuya lectura se ensanchó el horizonte de su genio.

El período de tiempo que permaneció en esta isla fue uno de los más fecundos de la vida del ilustre literato.

Allí escribió su notabilísima composición que lleva por título El faro de Malta; allí compuso la comedia Tanto vales cuanto tienes, la tragedia Arias Gonzalo y concibió y llevó a feliz término una de sus obras más reputadas y notables: El moro expósito.

De Malta pasó a París y de París a Orleans, donde vivió algún tiempo con los recursos que le proporcionaba la pintura, arte en que sobresalió lo bastante para producir algunas obras apreciadas por los inteligentes. De Orleans se trasladó a Tours, punto en el cual estuvo algún tiempo en compañía de Alcalá Galiano, antiguo amigo suyo y compañero de emigración en Londres; de Tours salió para fijar de nuevo su residencia en París. En la capital de Francia trazó el plan del Don Alvaro y lo escribió en prosa.

Abiertas las puertas de la madre patria para los emigrados a la muerte de Fernando VII, don Angel de Saavedra volvió a España después de diez años de ausencia. Los cuidados de la política comenzaron de nuevo a ocupar su espíritu.

Después de fundar El Mensajero de las Cortes, heredó por muerte de su hermano el título de duque de Rivas, y por derecho propio fue a tomar asiento en la Cámara de los próceres.

No obstante, en esta ocasión como en todas, los ocios de sus tareas políticas los dedicaba al cultivo de la literatura, versificando y corrigiendo el Don Alvaro, cuyo éxito, al representarse, eclipsó la fama de todas sus anteriores producciones. Al formarse el Ministerio Istúriz, los compromisos contraídos lo obligaron a aceptar la cartera de Gobernación, puesto que desempeñó con honradez y con celo hasta que los acontecimientos que tuvieron lugar en La Granja y la revolución que fue su consecuencia lo obligaron a buscar en Portugal refugio contra sus enemigos.

El duque de Rivas había nacido para poeta; como poeta pudo ser soldado, pero no hombre político.

En Portugal escribió algunos de sus romances históricos, ocupándose sólo de trabajos literarios hasta que, al promulgarse la Constitución de 1837, volvió a España para tomar asiento en el Senado.

En esta época escribió para el teatro Solaces de un prisionero, La morisca de Alajuary El crisol de la lealtad, concluyendo y dando a luz su obra más popular e importante, los Romances históricos.

De nuevo el curso de los sucesos políticos lo obligaron a alejarse de Madrid para fijar su residencia en Sevilla, donde su infatigable musa le inspiró el juguete que lleva por título El parador de Bailén y el drama fantástico El desengaño en un sueño. En Sevilla permaneció dos años pues, habiéndole elegido senador por los de 43, tuvo que trasladarse a la corte donde ocupó la presidencia de la alta Cámara hasta que, hallándose en el poder don Luis González Bravo, fue enviado a representar nuestro país en la corte de Nápoles.

De esta época datan sus mejores poesías líricas y el apreciado libro en que se reveló como prosista distinguido e historiador notable. La historia de la sublevación de Nápoles, capitaneada por Massaniello es, efectivamente, una obra digna de los grandes elogios que se le han tributado.

Concluida su misión en Nápoles, volvió a España donde se mantuvo hasta cierto punto alejado de la política, hasta que en 1854 formó con Ríos Rosas, con el general Córdoba y algunos otros hombres políticos notables, el Ministerio que, creado para prevenir un conflicto, no pudo evitarlo y duró apenas dos días.

Después, y durante el mando del general Narváez, en 1857, fue nombrado embajador en París. Más tarde ocupó la presidencia del Consejo de Estado, puesto que, al agravarse de sus dolencias, tuvo que abandonar, no sin recibir al mismo tiempo como muestra de la alta estimación en que se le tenía el collar de la insigne orden del Toisón de Oro.

Tal es, en resumen, el cuadro de la agitada y gloriosa vida del hombre eminente cuya pérdida lamentamos hoy como irreparable y cuya memoria se apresuran a honrar de extraordinaria y desusada manera así las corporaciones científicas que han tenido el honor de contarlo entre sus individuos, como los escritores todos que veían en él una gloria de la patria tan respetable por su talento como por sus nobles prendas.

LA MISA DEL ALBA

TIPOS DEL ALTO ARAGÓN

Cuando ya están amarillas las mieses y los labradores consultan con inquietud el cielo temerosos de que una tempestad de verano les arrebate de improviso el fruto de sus penosas tareas, los párrocos de los pueblecillos agrícolas suelen habilitar para las faenas del campo algunos de los numerosos días festivos de entre semana.

En estos días, llamados por el alegre repique de la esquila que voltea en la torre del lugar, los braceros y las espigadoras, apenas comienza a brillar en el cielo la primera luz, se dirigen a la iglesia, ocupan las naves que ilumina un resplandor dudoso y, repartidos por sus ámbitos en pintorescos grupos, oyen la misa del alba, que en algunos puntos de Aragón llaman de un modo más gráfico la misa de los segadores.

El dibujo del señor Bécquer a que damos hoy cabida en las columnas de El Museo ofrece el cuadro de una de estas escenas en que el tipo especial de los actores, el rudo y franco abandono de sus actitudes y el carácter propio de sus trajes, puede darnos más exacta idea de los usos y las costumbres de una localidad que la descripción más acabada y minuciosa.

LAS JUGADORAS

ESCENA DE COSTUMBRES DE ARAGÓN

Nosotros hemos visto jugar en todas partes, porque el juego se ha generalizado de una manera increíble. En los dorados círculos de la alta sociedad, en los garitos de los tahúres, al pie de las sucias y derruidas tapias de la ronda, en cada calle, detrás de cada esquina, el vicio ha fijado en la corte una bandera de enganche para sus neófitos; sin embargo en Madrid la afición a los naipes sólo recluta adoradores entre el sexo feo, si exceptuamos alguna que otra ave del mal agüero y peor catadura, especialidad femenina que conocen los asistentes a ciertos tugurios con un nombre gráfico. Es preciso salir de la coronada villa, es preciso dar una vuelta por algunas de las provincias de España, y muy especialmente por algunos de los pequeños lugares enclavados entre las sinuosidades de la parte más escabrosa e inexplorada del Alto Aragón, para encontrar completamente trocados los papeles.

En la tarde del domingo, cuando el cura del lugar después de dormir la siesta sale a hacer un poco de ejercicio por las eras cercanas en compañía del alcalde, el médico y algunas otras personas graves de la población, cuando los labradores acomodados hablan sentados tranquilamente en los soportales de la plaza y los mozos recorren las estrechas y tortuosas calles cantando la jota al compás de un guitarrillo destemplado, se juntan en grupos a la puerta de una bodega donde beben el vino en pucheros, forman círculo en el juego de pelota donde se lucen los más ágiles o asisten envueltos en sus mantas al tiro de la barra donde campean los más forzudos, cuando chicos y grandes, casados y mozos, viejos y muchachos discurren, en fin, de un lado a otro celebrando cada cual a su manera la festividad del día, las mujeres se reúnen en las cocinas de las casas, en los cantones de las calles o en las avenidas de los caminos y, dejando a un lado el rosario que rezaban al sonar el toque de vísperas, desenvaina cada cual su más o menos mugrienta barajilla, se sientan en corro y da principio el juego.

En cada círculo se juega con arreglo a las circunstancias y los medios de las jugadoras. El ama del cura, la alcaldesa, la cirujana y alguna labradora acomodada juegan el chocolate y los esponjados al amor de la lumbre donde brilla el alegre fuego del hogar y hierve la vasija con el agua preparada de antemano.

Las mujeres de los braceros y las hijas de los peones, engalanadas con sus apretadores verdes, sus sayas rojas y sus collares de cuentas azules, juegan en mitad del arroyo los cuartos y ochavos que han podido ahorrar en la semana, y gritan, riñen y se repelan al cuestionar sobre una jugada dudosa o el extravío de un maravedí.

Las chiquillas sentadas al borde del camino que conduce al lugar sacan también su barajita pequeña que las hay de todas clases y tamaños para todas edades y fortunas-, y juegan alfileres, huesos de frutas y cosas por el estilo.

El dibujo que ofrecemos a nuestros suscriptores, notable por la exactitud de los tipos y el carácter de localidad del fondo, puede dar una idea más aproximada de estas escenas que cuanto nosotros pudiéramos añadir sobre el asunto.

Cada uno de los paseos de Madrid tiene su carácter, su fisonomía y su concurrencia especial. A mí me basta saber a qué paseo asiste de ordinario una persona para formarme una idea aproximada de su posición, su genio y sus costumbres.

Desde el Campo del Moro a la Fuente Castellana, desde el paseo de Oriente a Recoletos, desde la Plaza Mayor a Atocha, desde las Vistillas al Salón del Prado, la coronada villa ofrece tan ancho y variado campo a sus habitantes, que, excepto algunas raras excepciones, cada cual busca el punto de reunión más en armonía con sus hábitos, su carácter y sus intereses, obedeciendo a esa ley eterna que impulsa a la llama a subir y al agua a buscar su nivel.

Ponedme un domingo cualquiera en un lugar céntrico de la población, y yo os diré sin vacilar un momento y casi con la seguridad de no equivocarme un punto:

¿Veis esa elegante carretela sobre cuyo fondo azul y entre un mar de glasé y de blondas se destaca una cabeza rubia y distinguida? Pues ésa va a la Fuente Castellana.

¿Veis aquel grupo de alegres y honrados artesanos que con cara de Pascuas y vestido de día de fiesta cruzan en opuesta dirección? Pues ésos seguramente van a merendar en la Pradera, en las Vistillas o a las inmediaciones del Puente Verde.

Aquella mamá obesa que sigue la calle de Alcalá adelante, precedida de dos pimpollos en estado de merecer, perdería un dedo de la mano si no va a sentarse frente al Circo del Príncipe Alfonso.

La otra, cocinera endomingada que atraviesa más lejos, con aire decidido y luciendo un pañolón de colorines, apostaría cualquier cosa a que corre en busca de la Plaza Mayor, donde la espera su paisano o pariente, cabo de la primera del quinto de artillería montada.

Ese matrimonio de edad provecta que corre a guarecerse en el portal de una casa cuando siente el ruido de un coche y que parecen comerciantes retirados de la calle de Postas, ¿quién duda que bajarán al Campo del Moro?

En cuanto a ese astur sin cuba y con camisa limpia, ¿qué hemos de pensar sino que se dirige a la Virgen del Puerto?

Aquella bandada de niñeras y amas de cría de casa grande, ¿se oculta al menos conocedor de las costumbres madrileñas que no han de parar hasta verse junto a la fuente de las Cuatro Estaciones?

Y así seguiría marcando, sin discrepar una línea, el itinerario de todos y de cada uno de los paseantes.

La multitud que en ciertos días clásicos va y viene, cruza y torna a cruzar, y se enreda y se enmaraña pasando y repasan do en mil direcciones distintas, podrá presentarnos confundidas las diferentes capas de la sociedad; pero a medida que las arterias de la población van arrojando a la ronda los animados grupos que por ellas circulan, cada actor del gran sainete humano busca instintivamente escena y decoración apropiadas al papel que les ha tocado en suerte desempeñar en el teatro del mundo. Hay, no obstante, un paseo cuyos concurrentes no es fácil señalar, un paseo al que no asiste clase determinada, al que se va casi siempre más bien por incidencia que por costumbre, paseo que cambia de aspecto a medida que cambian las estaciones, que ofrece un panorama distinto en las diversas horas del día, que en el discurso del año puede decirse que ve cruzar por sus alamedas a todos los vecinos de la corte, amén de la población flotante, paseo, en fin, en el que se reúnen alternativamente paletos y damas aristócratas, niñeras y hombres políticos, artesanos y estudiantes, modistas y títulos de Castilla, provincianos y manolos, desesperados y alegres, ricos y pobres, chicos y grandes, muchachos y viejos.

Este paseo sui generis es el tradicional, el histórico paseo del Buen Retiro.

¿Y cómo se comprende, dirán algunos lectores de El Museo, que esa multitud que instintivamente busca para agruparse sus elementos afines se reúna sólo en este punto? Para encontrar la explicación de ese fenómeno, para darse cuenta de esa contradicción aparente, hay que saber de ante mano que el Retiro es un paseo especial, un paseo ómnibus, que tiene rellanos y plazas tapizadas de finísima arena y cercados de arrayán para que jueguen los chicos; calles de copudos olmos ornadas de estatuas, para que paseen los hombres graves; fuentes egipcias y chinescas, con peces, ánades y patos, para que se emboben las gentes sencillas; bosquecillos de follaje tupido y discreto, para que se aventuren las parejas enamoradas; jaulas de fieras, con monos que hacen gestos y leopardos que enseñan los dientes, para que se extasíe la plebe menuda; parajes incultos, llenos de carrascas y de jaramagos amarillos, para que se tiendan al sol los haraganes; hileras de pinos y cipreses, para que discurran a su sombra los melancólicos; es preciso, por último, no perder de vista que dentro de un paseo monstruo, cuya circunferencia mide algunos kilómetros, hay otros cien paseos aislados e independientes, con su hechura, sus condiciones y su carácter adecuados a las diferentes clases de personas que los frecuentan.

De esta verdad infinita nace la dificultad con que tropiezan así el escritor como el dibujante al tratar de reproducir su múltiple fisonomía. Tarea inútil es asestarle el lente fotográfico; trabajo perdido cruzar sus enarenadas calles lápiz o pluma en ristre. A cada instante cambian la expresión la luz y hasta las líneas del modelo que se intenta copiar.

Figuraos, por ejemplo, que penetramos en el Retiro en una de esas Mañanas de abril o mayo, que inspiraron a Calderón la comedia más llena de risueña poesía, de elegantes discreciones y novelescas aventuras de nuestro teatro antiguo. Es la estación en que los almendros cubren el suelo con los despojos de sus tempranas y efímeras flores, dejando asomar sus primeras hojas verdes y transparentes; es la estanción en que los intrincados laberintos del estanque chinesco se engalanan con ramilletes de lilas; es la estación en que el sol comienza a despertarse temprano y alegre, llamando con sus reflejos de oro al balcón de los perezosos.

Los troncos, antes desnudos, se han vestido de nuevo y espléndido ropaje; el cielo parece más puro y transparente; entre las hojas suena una confusa algarabía de trinos y gorjeos que regocija el alma.

El Retiro va a ofrecernos una de sus escenas más características.

Las modistillas, que a costa de un madrugón han podido robar dos o tres horas al cotidiano trabajo del taller, cruzan alegres y desenfadadas por los senderos que dibujan los floridos arbustos, víctimas de sus matinales expediciones. Sus voces frescas y juveniles, sus gritos y sus risas forman coro y se confunden con el alborozado y ruidoso canto de los pájaros.

¡Vedlas con sus sencillos trajes de percal, sus cabellos en desorden y volando sueltos al aire los extremos de sus graciosas mantillas, correr de un lado a otro con esa vertiginosa inquietud con que vuelan las mariposas zumbando en derredor de las flores! Mientras unas acechan los movimientos del guarda, otras penetran en los cuadros del jardín y repelan las acopadas matas de lilas, no faltando en esta bulliciosa operación algunos estudiantes que las requiebran, las persiguen o las asustan escondidos entre la arboleda. Todo en derredor parece que se anima, sonríe y toma parte en la loca alegría de las muchachas.

Involuntariamente se escapan de los labios los dulces y espontáneos versos del poeta florentino:

Oh primavera, gioventu del l'anno!

Gioventu, primavera della vita!

He aquí el borrador de una página del paseo del Buen Retiro; mas no os apresuréis a formar por ella buena idea del conjunto. Una página no es un libro.

Dejemos la fuente chinesca; seguidme por las revueltas de los jardines; no os preocupéis de la media docena de desocupados que arrojan pedacitos de pan a los peces del estanque grande, y recorriendo una ancha y solitaria calle de castaños acopados y añosos, nos encontramos en la fuente de la Salud. ¡Ved cómo han cambiado la decoración y los personajes; ved cómo todo aquí es diferente! La agitación deja lugar al reposo; a los gritos y a las alegres carcajadas sustituyen las conversaciones a media voz. El ancho batiente de un musgoso paredón, a cuyo pie se distinguen algunos bancos rústicos, presta a este lugar un aire de sosegada tristeza; la luz se abre paso con dificultad al través de las apretadas copas de los árboles.

Niñas pálidas, viejas achacosas, empleados sin empleo y militares en situación de reemplazo, todos adoradores de la maravillosa fuente, se agrupan en torno del manantial y discuten acerca de las propiedades del agua, repiten por centésima vez el número de vasos que se han bebido o pasean con lentitud a lo largo de las alamedas.

Pero no han concluido de pasar aún todos los objetos del diorama. Volvamos otra hoja del libro; internémonos otra vez en la espesura. ¿No habéis reparado en las orlas de una elegante falda de seda que desaparece siempre por el extremo opuesto de las sendas que seguimos? ¿No habéis visto dibujarse confusamente, al través de los claros que dejan las ramas, el perfil de una enamorada pareja que al menor ruido huye y evita el encuentro de los curiosos, escondiéndose entre el espeso follaje de los jardines?

Si al abandonar el Retiro encontrásemos parada cerca del templo de Atocha alguna elegante berlina con cifra o blasón en la portezuela, acaso el cochero podría darnos la solución de la charada.

Las tradiciones galantes de la corte del rey poeta no se han perdido del todo entre las damas de la coronada villa.

Mas el sol sube a escape por el cielo y deja sentir en las espaldas la viva influencia de sus rayos; los paseantes desfilan unos tras otros; las muchachas vuelven a la población con el delantal lleno de flores; los inválidos de la fuente de la Salud, con un paseo mayúsculo y docena y media de vasos de agua en el cuerpo. Ya no quedan en los jardines más que algún pretendiente, sin casa ni hogar, que duerme al pie de sus árboles el inquieto sueño de las dudosas esperanzas, o algún estudiante que intenta repasar a la sombra las asignaturas del curso y acaba también por rendirse a la influencia del sueño, mientras vela, gesticula y habla solo, discurriendo por entre el laberinto de hojas y flores, alguno de esos filósofos derrotados y silvestres, tipo original del que no faltan ejemplares en la corte.

Tal es, hecho a la pluma, el ligero bosquejo de uno de los variados cuadros que ofrece el Retiro. El inteligente lápiz del señor Ruiz, merced al cual ha dado esta publicación a conocer el carácter de la vida de Madrid, reproduciendo sus paseos favoritos, sus edificios notables, sus espectáculos, sus romerías y sus fiestas, ha logrado fijar la impresión que queda en el ánimo cuando se discurre por los jardines del Buen Retiro en una de sus mañanas de primavera, alegres, templadas y apacibles.

Los altos árboles que enlazan sus copas formando bóvedas de verdura, los rayos del sol naciente que resbalan por entre las hojas, abrillantan los troncos, cruzan con fajas de luz el terreno y perfilan con líneas de oro la silueta de los términos lejanos, la diáfana transparencia del cielo, la ligera sombra que llena de puntos de claridad el ambiente del paisaje, que envuelve los objetos como con un velo de niebla indecisa, todos los accidentes que dan color y carácter al sitio que recuerda, están reproducidos en el dibujo de tal modo que la pluma no podría añadirle un solo detalle.

Para mejor inteligencia de los lectores de El Museo sólo podré repetir una vez más que, aunque exacta, ésta es una sola página del curioso libro que se podría hacer con el mismo epígrafe que estas desaliñadas líneas.

EL PESCADOR

TIPO VASCONGADO DE LA COSTA

Al hablar en uno de los números anteriores de la pesca de la sardina en los pueblecitos de Lequeitio, Santurce y Portugalete, y a propósito de las muchachas que se ocupan en llevarle a vender a la ciudad, dijimos algo también acerca de los que se dedican a este tráfico.

No teniendo otros recursos que los que les ofrece la vida de mar, casi todos los hombres de estas pequeñas poblaciones sirven en su juventud en los buques mercantes hasta que más tarde los que han podido reunir alguna fortuna se hacen capitanes por cuenta propia y los que menos o se retiran del todo de la carrera de América para dedicarse en su costa natal al tráfico de la pesquería o aprovechan los intervalos de sus viajes sirviendo accidentalmente a las órdenes de estos pescadores de oficio.

El dibujo que hoy damos en El Museo da a conocer perfectamente este tipo de las provincias vascongadas que, como saben nuestros lectores, han dado en todas las épocas y siguen dando aún brillantes muestras de lo que valen sus hijos de la costa para luchar con el elemento a que tienen que arrancarle la subsistencia a fuerza de serenidad y de arrojo.

LA SARDINERA

TIPO VASCONGADO DE LA COSTA

Los pintorescos pueblecillos que bordan la ribera del mar Cantábrico próxima a la desembocadura del Nervión, como otros muchos de esta parte del litoral de España, viven casi exclusivamente de los productos de la pesca que en particular los de la sardina no dejan de ser considerables, por ser la que más de continuo y con más abundancia se recoge. Los hombres de mar que se dedican a este tráfico se hacen a la vela a la caída de la tarde, tienden las redes durante la noche y al romper el día, algunos puntos oscuros que aparecen en la inquieta raya de luz que dibuja el horizonte anuncian al vigía del puerto la aproximación de las lanchas pescadoras.

La noticia, pregonada al son de un tamboril, cunde en el instante desde la plaza del lugar hasta los próximos caseríos; jóvenes, viejas, muchachas, toda la población femenina se pone en movimiento; éstas con canastos, aquéllas con cestos, las de más allá con barriletes, bajan formando grupos hasta la orilla donde las pequeñas embarcaciones se balancean ya suavemente sobre las olas siguiendo su compás alternado y cadencioso. La repartición de la sardina entre la turba de mujeres, que disputan entre sí y hablan y manotean todas a la vez, procurando ser las primeras en turno para llegar a buena hora al mercado, da lugar a escenas tan pintorescas y animadas que sólo tienen comparación con las que ofrecen después, reuniéndose en grupos para limpiar y aderezar su mercancía o corriendo a lo largo de la playa ligeras como el aire.

El dibujo que ofrecemos hoy a los suscriptores de El Museo puede dar una idea de esas muchachas, tipo acabado de agilidad y gallardía en que se reúnen la hermosura de la forma a la fuerza y elasticidad de los movimientos, las cuales con el canasto sobre la cabeza, las ropas flotantes y los pies desnudos que van dejando una ligera huella en la arena de la playa, corren a lo largo de la costa, trepan con una pasmosa seguridad por los peñascos que bate el oleaje, y antes del mediodía van a vender a la plaza de Bilbao, después de haber recorrido una distancia de dos o tres leguas, las sardinas que han llegado horas antes a los puertecillos de Algorta, Lequeitio y Portugalete.

EL TIRO DE BARRA

COSTUMBRES DE ARAGÓN

La sobriedad, la fortaleza y la resistencia a toda clase de sufrimientos de los habitantes de ciertas provincias de España, es proverbial en la historia. Basta recorrer algunas comarcas de Aragón, vivir un poco de tiempo entre sus naturales, y conocer su género de vida y asistir a sus faenas y a sus diversiones, para comprender que la raza de los osados aventureros que compartieron con los catalanes la gloria de las portentosas hazañas de Oriente, la raza de los eternos batalladores de la Edad Media que tan relevante muestra de sí habían de dar más tarde en la epopeya de la independencia española, existe todavía enérgica, valerosa, fuerte, capaz de acometer las empresas más aventuradas y difíciles.

Con un escaso alimento, habituados a sufrir las bruscas alteraciones de un clima inconstante, condenados a procurarse la subsistencia con un trabajo tenaz y duro, los que habitan en los pueblos del Alto Aragón próximos a las cumbres del Moncayo no tienen otras diversiones que los ejercicios corporales y los alardes de fuerza y de agilidad.

En la tarde de los días festivos, cuando parecía natural que los trabajadores se entregasen al reposo y el descanso, ellos prosiguen ejercitando su actividad y su increíble energía, unos desafiándose a la carrera, otros al tiro de la barra, éstos a jugar a la pelota, aquéllos a levantar en alto y arrojar a una gran distancia peñascos enormes. Por el dibujo a que hoy damos cabida en las columnas del El Museo, puede formarse una idea exacta de estas escenas características de Aragón, conociendo a la vez el tipo y el traje peculiar de los hijos del país.

Discurriendo por los caminos menos frecuentados al través de las pintorescas comarcas de nuestras provincias, ora resignándose a pasar la noche en el mesón de un pueblecillo de cuyo nombre apenas hay memoria en la geografía, ora deteniéndose a dar agua al caballo en la fuente de una aldea medio oculta entre las sinuosidades de los montes, el artista que abandona los senderos trillados para estudiar allí donde se conservan más puros, las costumbres y los tipos de un país, suele sorprender escenas de un carácter y una verdad tales que en vano procuraría inventarlas y darlas forma en el retiro de su estudio. Cuatro líneas en la cartera de apuntes, un rasgo que fija el carácter especial de las figuras, o una mancha que recuerda el juego de luz o la disposición del fondo, son el punto de partida, basado en el natural, que sirve más tarde para la concienzuda composición de un cuadro.

El dibujo que hoy ofrecemos a nuestros suscriptores pertenece a ese género de trabajos ligeros hechos bajo la impresión de una escena que, si bien por el asunto tiene cierto carácter general, se encuentra no obstante localizada por los rasgos y detalles propios del pueblo de Aragón.

LA PASTORA

TIPO ARAGONÉS

¿Quién no ha oído hablar de la Arcadia? ¿Quién no conoce ese período literario en que nuestros poetas hacían discretear a sus pastores sentados a la sombra de una copuda encina? ¿Quién no recuerda haber visto en los abanicos perfilados de oro de nuestras abuelas algunas de esas pastorcillas de cabello empolvado, corpiño de moiré y diminutos zapatitos de tacón rojo, figuras escapadas del quimérico mundo que forjó en su refinada decadencia la Francia del Regente y de Luis XV?

¡Entonces todas las almas soñadoras suspiraban por los sencillos placeres del campo! Mientras duró el reinado de las Filenas y las Amarilis, ningún amante se fingía a su amada sin su cayadito de marfil con un floripón a la punta.

Pero pasó aquella época y con el romanticismo vino una reacción horrible. La poesía huyó de las cabañas para llamar a la puerta de hierro del castillo feudal. Media docena de escépticos desnudaron de sus galas, sus flores y sus afeites a los árcades, y las graciosas y cortesanas figuras de Watteau y de Meléndez quedaron convertidas en rústicos patanes y desgreñadas palurdas.

Hoy, que nos encontramos tan lejos de ambas exageraciones, huyendo de las ideas de plantilla, no vamos a buscar la fuente de la inspiración en los libros, sino en la naturaleza.

Cruzando fuera de camino los intrincados laberintos del Moncayo, internándose en sus hondas cañadas o subiendo a sus escarpadas alturas, es como únicamente puede encontrarse un tipo bello dentro de la verdad, como el que hoy ofrecemos a nuestros suscriptores en el dibujo que lleva el mismo epígrafe que estas líneas.

LA NOCHE DE DIFUNTOS

Al crepúsculo de un día de otoño brumoso y triste sucede la noche fría y oscura. Durante algunas horas parece que se ha apagado el continuo hervidero de la población.

Unas cerca, otras lejos, éstas con un acento grave y acompasado, aquéllas con un vibración aguda y temblorosa, las campanas voltean lanzando al aire sus notas de metal que ya flotan y se confunden entre sí, ya se dilatan y se pierden para dejar lugar a una nueva lluvia de sonidos que se derrama continuamente de la anchas bocas de bronce, como de una fuente de armonías inagotable.

Dicen que la alegría es contagiosa, pero yo creo que la tristeza lo es mucho más. Hay espíritus melancólicos que logran sustraerse a la embriaguez de gozo que traen en su atmósfera las grandes fiestas populares. Con dificultad se encontrará uno que consiga mantenerse indiferente al helado contacto de la atmósfera del dolor, si éste viene a buscarnos hasta el fondo de nuestro hogar en la fatigosa y lenta vibración de la campana que parece una voz que llora y nos relata sus cuitas al oído.

Yo no puedo oír sonar las campanas, aunque repiquen volteando alegres como anuncio de una fiesta, sin que se apodere de mi alma un sentimiento de tristeza inexplicable e involuntario; por fortuna o por desgracia, en las grandes capitales el confuso murmullo de la muchedumbre que se agita en todos sentidos, presa del ruidoso vértigo de la actividad, ahoga de ordinario su clamor hasta el punto de hacer creer que no existen. A mí, al menos, me parece que la noche de difuntos, única del año en que las oigo, las torres de las iglesias de Madrid recobran la voz merced a un prodigio, rompiendo sólo durante algunas horas su largo silencio. Bien sea que la imaginación, predispuesta a los pensamientos melancólicos, ayude a prestarle apariencias, bien que la novedad de los sonidos me hiera más profundamente, siempre que percibo en las ráfagas del viento las notas sueltas de esa armonía, se opera en mis sentidos un extraño fenómeno. Creo reconocer una por una las diferentes voces de las campanas; creo que cada cual de ellas tiene un tono propio y expresa un sentimiento especial; creo, en fin, que después de prestar por algún tiempo profunda atención al discorde conjunto de los sonidos, graves o agudos, sordos o metálicos, que exhalan, logro sorprender palabras misteriosas que palpitan en el aire envueltas en sus prolongadas vibraciones.

Estas palabras sin ilación ni sentido, que flotan desasidas en el espacio, acompañadas de suspiros apenas perceptibles y de largos sollozos, comienzan a reunirse unas con otras, como se reúnen al despertar las vagas ideas de un sueño, y ya reunidas forman un inmenso y doloroso poema, en el que cada campana canta su estrofa, y todas juntas interpretan por medio de sonidos simbólicos el pensamiento que hierve callado en el cerebro de los que las oyen sumidos en honda meditación.

Una campana de voz hueca y asordadora, que se balancea gravemente en lo alto de la torre con ceremoniosa lentitud, que parece que lleva un ritmo matemático y se mueve por medio de algún perfecto mecanismo, dice sonando, ajustada por puntos al ritual:

«Yo soy ruido vano que se desvanece sin hacer vibrar una sola de las infinitas cuerdas del sentimiento en el corazón del hombre; yo no tengo en mis ecos ni sollozos ni suspiros; yo desempeño correctamente mi parte en la lúgubre y aérea sinfonía del dolor sin que mis sonoros golpes se retarden o se anticipen un solo segundo; yo soy la campana de la parroquia, la campana oficial de las honras fúnebres. Mi voz pregona el duelo de etiqueta, mi voz llora desde lo alto del campanario contando a la vecindad la desgracia a gritos; mi voz, que gime a tanto por sollozo, evita al rico heredero y a la joven viuda otros cuidados que el de las formalidades de la lectura del testamento o el encargo de los elegantes lutos.

»A mi conocido son salen de su marasmo los industriales de la muerte: el carpintero se apresura a galonear de oro el más confortable de sus ataúdes; el marmolista golpea el cincel buscando una nueva alegoría para el ostentoso sepulcro hasta los caballos del grotesco carro, teatro del último triunfo de la vanidad, sacuden engreídos sus antiguos penachos de plumas color de ala de mosca, en tanto que los pilares del templo se revisten de bayetas negras, se alza en el crucero el túmulo tradicional y el maestro de capilla ensaya en el violín nuevo Dies ira para su última misa de réquiem.

»Yo soy el dolor de las lágrimas de talco, de las flores de papel y los dísticos en letra de oro.

»Hoy me toca conmemorar a mis conciudadanos, a los ilustres difuntos por quienes oficialmente lloro, y sólo siento, al hacerlo con toda la pompa y el ruido que conviene a su condición, no poder decir uno por uno sus nombres, títulos y condecoraciones. ¡Acaso esta nueva fórmula serviría de bálsamo al sentimiento de sus familias!»

Cuando el acompasado martilleo de la grave campana cesa un instante y su eco lejano se confunde y se pierde entre la nube de notas que lleva el viento, comienza a percibirse el tañido triste, desigual y agudo de un pequeño esquilón.

«Yo soy -dice- la voz que canta y que llora las alegrías o los pesares del lugar que domino desde mi espadaña; yo soy la humilde campana de la aldea, la que llama con plegarias ardientes el agua del cielo sobre los agostados campos, la que ahuyenta las tempestades con sus piadosos conjuros, la que voltea trémula de emoción y pide socorro a gritos cuando el fuego devora las mieses.

»Yo soy la voz amiga que da al pobre su último adiós; yo soy el gemido que ahoga el dolor en la garganta del huérfano y que sube en las aladas notas de la campana hasta el trono del Padre de las misericordias.

»Al escuchar mi tañido brota involuntariamente una oración del labio, y mi último eco va a expirar al borde de las fosas escondidas, llevado por el aire que parece rezar en voz baja agitando las altas hierbas que las cubren.

»Yo soy el llanto que escalda las mejillas; yo soy el sentimiento que seca la fuente de las lágrimas; yo soy la angustia que oprime el corazón como con una mano de hierro; yo soy el supremo dolor, el dolor del desamparo y de la miseria.

»Hoy lloro por esa multitud sin nombre que pasa ignorada por la vida sin dejar más huella en pos de sí que el ancho reguero de sudor y de lágrimas que señala su camino; hoy lloro por los que duermen olvidados en el seno de la tierra, sin otro monumento que una tosca cruz de palo que casi ocultan las ortigas y cardos silvestres, por entre cuyas hojas descuellan esas humildes flores de pétalo amarillo que los ángeles dejan caer del halda sobre la fosa de los justos.»

El eco de la esquila se va debilitando poco a poco hasta perderse entre el torbellino de notas por cima del cual se destacan los sordos y cascados golpes de una de esas gigantescas campanas que hacen que se estremezcan, al sonar, hasta los hondos cimientos de las antiguas catedrales góticas en cuya torre se las ve suspendidas.

«Yo soy dice la campana con su medroso y estentóreo acento- la voz de la gigante mole de piedra que para asombro de los siglos alzaron tus mayores; yo soy la voz misteriosa, familiar a la vírgenes de largo brial, a los ángeles, los reyes y los profetas de granito que velan noche y día a la puerta del templo envueltos en las sombras de sus arcadas; yo soy la voz de los deformes endriagos, de los vestiglos y las monstruosas esfinges que trepan por entre las revueltas hojas de piedra a lo largo de las agujas de las torres; yo soy la fantástica campana de la tradición y la leyenda que voltea sola en la noche de difuntos tañida por una mano invisible.

»Yo soy la campana de los cuentos medrosos, de las historias de aparecidos y de almas en pena; campana cuya vibración indescriptible y extraña sólo encuentra eco en las imaginaciones ardientes.

»A mi voz los caballeros armados de todas armas se levantan de sus góticos sepulcros; los monjes salen de las oscuras bóvedas en que duermen el último sueño al pie de los altares de su abadía, y los camposantos abren de par en par sus puertas para dejar paso al tropel de amarillos esqueletos que acuden presurosos a danzar en vertiginosa ronda en torno al puntiagudo chapitel que me cobija.

»Cuando mi imponente clamor sorprende a la crédula vieja al pie del antiguo retablo cuyas luces cuida, cree ver por un momento las ánimas del cuadro danzar entre las llamas de bermellón y ocre al escaso resplandor del moribundo farolillo.

»Cuando mis sordas vibraciones acompañan el monótono relato de la antigua conseja que escuchan absortos los chicos agrupados junto al hogar, las lenguas de fuego rojas y azules que se deslizan a lo largo de los encendidos troncos y las chispas de luz que saltan sobre el fondo oscuro de la cocina se les antojan espíritus que voltean en el aire, y el rumor del viento que estremece las puertas, obra de las ánimas que llaman en los emplomados vidrios de la ventana con el descarnado nudillo de sus manos de huesos.

»Yo soy la campana que pide a Dios por las almas precitas; yo soy la voz del terror supersticioso; yo no hago llorar, pero erizo el cabello y llevo el frío del espanto hasta la médula de los huesos del que me oye.»

Así, unas tras otras, o todas a la vez, las campanas van sonando, ora como el tema melódico que se destaca sobre el conjunto de la orquesta en una sinfonía gigante, ora como en un fantástico acorde que se prolonga y se aleja dilatándose en el viento.

La luz del día y los rumores que se elevan del seno de la población a par de la luz pueden tan sólo disipar los extraños engendros de la mente y el lúgubre y pertinaz tañido de las campanas que aun al través del sueño se perciben, como en una fatigosa pesadilla, durante la eterna noche de difuntos.

EL PREGONERO

TIPOS DE ARAGÓN

En las pequeñas poblaciones aragonesas, como en todas las del resto de España, el pregonero, tipo heredado de épocas muy remotas, sigue siendo uno de los personajes más importantes y necesarios de la administración. Puede decirse que es la gaceta oficial de carne y hueso de las localidades. Cuando el alcalde o el ayuntamiento dictan una disposición cualquiera, cuando llega la víspera de una solemnidad civil o religiosa, siempre, en fin, que la autoridad o los particulares quieren ponerse en contacto de ideas con una población en que por desgracia abundan las gentes que no saben leer, el pregonero, armado de su tambor y escoltado por una turba de chiquillos que le preceden o le siguen a respetuosa distancia, recorre las plazas, se detiene en las esquinas, sube a las eras o baja a los lavaderos, recitando con un tono especial el contenido de la cédula que de antemano le ha escrito o le ha hecho tomar de memoria el fiel de fechos.

El grabado que verán nuestros suscriptores en las columnas de El Museo, y que lleva el mismo título que sirve de epígrafe a estas líneas, es el recuerdo de algunas de las figuras más características de estos cuadros populares.

LA CARIDAD

El cólera desaparece, la tranquilidad renace y el pueblo de Madrid, como si despertase de una larga y fatigosa noche, vuelve a su actividad acostumbrada.

Pronto, tal vez al mismo tiempo que estas desaliñadas líneas llegan a manos de nuestros suscriptores, las campanas anunciarán la fausta nueva enviando al cielo sus vibrantes notas a par de las fervientes oraciones de los fieles.

¡Cuán dolorosas y profundas huellas deja de su paso el terrible azote, al desaparecer de entre nosotros, no hay necesidad de encarecerlo; lo dicen con harta elocuencia las lágrimas, frescas aún en las mejillas, de tantos desgraciados como lloran y llorarán todavía largo tiempo la pérdida de seres queridos; lo dice el luto general que a todas partes que volvemos los ojos encontramos, hablándonos del oculto dolor que simboliza y reavivando en la imaginación tristes y aún no borradas memorias!

No obstante, ahora como siempre, del dolor ha surgido una consoladora esperanza; ahora como siempre, la adversidad ha revelado en el pueblo de Madrid condiciones tales de heroísmo y de virtud que el placer que proporciona su espectáculo aminora el sentimiento y hace más llevaderas las desgracias que han contribuido a ponerlas de relieve.

No indagaremos nosotros la causa, no culparemos a nadie, porque ni la índole de nuestra publicación lo permite, ni aunque lo permitiese, conviene ahora a nuestro propósito; pero no es posible poner en duda que, al recrudecerse la epidemia que ha afligido a la capital de la monarquía, hemos atravesado por momentos críticos y horribles cuya prolongación amenazaba una gran catástrofe.

Los que lo hemos presenciado no lo olvidaremos jamás. Hubo un momento en que el azote llamó a las puertas de la miseria, envenenando con su hálito ponzoñoso la atmósfera de esos hediondos tugurios en que se hacinaban sus hijos; hubo un momento en que, solicitada de todas partes a la vez, la administración se encontró insuficiente para atender a un tiempo a tantos dolores; hubo un momento de horrorosa incertidumbre, de verdadero pánico, en que se sobrecogieron los ánimos más serenos, en que vacilaron los más firmes, y una gran parte de la población huyó espantada, mientras otra no sabía adónde volver los ojos en tan angustiosas circunstancias. Por fortuna, en aquellos mismos momentos, cuando la inteligencia del hombre, llena de estupor ante el incomprensible fenómeno, buscaba en vano su misteriosa explicación; cuando la ciencia, sintiéndose impotente para combatirlo, doblaba la cabeza confusa ante el doloroso azote; cuando la impresionable multitud se sentía presa de un desaliento y un terror profundos, creyéndose herida por los golpes de un implacable ministro de la cólera del cielo, el ángel de la caridad, surgiendo de improviso como un rayo de luz que venía a iluminar aquella horrible noche, avivó la fe de los unos, reanimó la esperanza de los otros, y dando principio a su gigantesca y sublime lucha con la Miseria y la Muerte -lucha de que, al fin, había de salir triunfante-, vino a ofrecer al resto de España el espectáculo de un pueblo que, abandonado a sí mismo, sabe hacerse superior a sus desgracias, encontrando en la abnegación y el desinterés de sus hijos recursos instantáneos para todas las necesidades, bálsamo y consuelo para todos los dolores.

Si nos fuera posible trazar el cuadro lleno de rasgos sublimes y de conmovedores detalles que han ofrecido las diferentes clases de la sociedad al unirse espontáneamente para llevar a cabo su santa misión, escribiríamos una de las más hermosas páginas de la historia de un pueblo que tan brillantes las tiene ya en sus anales gloriosos. Pero no es posible; no basta la imaginación a abarcar, ni hay pluma que pueda describir tantas escenas conmovedoras como se han desarrollado a nuestros ojos durante esos inolvidables días. Ya mostrándose en forma de asociación por medio de «los amigos de los pobres», ya guiando con celeste iniciativa el generoso impulso de los sentimientos individuales, enérgica, activa, poderosa como la terrible epidemia que iba a combatir, la caridad, hija del cielo, se ha engrandecido, se ha multiplicado, ha hecho, en fin, patente que es la más grande y la más fecunda virtud que existe en la tierra.

Las fatigas más rudas, el temor al contagio, el espectáculo de las miserias más inconcebibles, antes que a desanimarla y vencerla, han servido para fortificar su fe, avivando y haciendo más intensa la llama de inextinguible amor que la consume.

¿Qué inmensa abnegación, qué inquebrantable fortaleza de espíritu, qué fe tan ciega no habrá necesitado para seguir, constante y animosa, por tan áspero sendero, para no retroceder, llena de pavor y desaliento, ante la gigantesca obra que había acometido? ¡Hasta que no se levanta por un acaso el velo que cubre ciertas horribles e ignoradas escenas; hasta que no se desciende a respirar un momento la corrompida atmósfera que respiran las últimas clases sociales; hasta que no se ven realmente y en toda su horrible desnudez ciertos dolores cuya pintura nos parece luego exagerada; hasta que una de estas inopinadas catástrofes, revolviendo el légamo del fondo, no viene a empañar la aparente limpidez de las aguas en que vemos retratarse como un espejo la risueña imagen del bienestar de la vida; hasta entonces, repetimos, no puede calcularse cuán profundo es el abismo de miseria que hay oculto a nuestros pies, cuán inmenso campo queda aún a la caridad para ejercitarse en sus piadosas obras, qué raquíticos y qué insuficientes son los medios de que la filantropía oficial dispone para extirpar el cáncer que nos corroe las entrañas!

Hoy que la causa que ha hecho ver más claras esas tristísimas miserias ha desaparecido; hoy que el público de Madrid puede apreciar con ánimo más reposado y sereno la gran victoria que los oscuros y generosos soldados de la caridad han conseguido con sus incansables esfuerzos contra el duro azote que ha llenado de consternación una gran parte de la Península; hoy que se tocan los efectos maravillosos del celo que lo prevee y lo detiene, de la abnegación que lo busca y lo combate, y del desprendimiento que hace menos amargas sus consecuencias, debemos unir nuestra humilde voz a la de los hombres pensadores que, encontrando en el fondo de las más dolorosas calamidades una fuente de experiencia y saludable enseñanza, piden que no pase desapercibido ni se olvide tan sublime ejemplo.

Al consagrar una de nuestras páginas al glorioso recuerdo de tantas y tan heroicas acciones como hemos presenciado; al dar desde las columnas de nuestro periódico al generoso pueblo de Madrid una entusiasta muestra de la profunda admiración que su conducta nos inspira, abrigamos la esperanza de que su inagotable caridad no se habría despertado más viva y más ardiente que nunca para brillar con tan intenso esplendor un punto y amortiguarse luego.

En vano al llenar otra vez el aire los alegres rumores de la vida activa, en vano al sentirnos arrastrados otra vez por el torbellino de las pasiones, podrá tratarse de olvidar los horribles misterios que se han hecho claros al penetrar en esas viviendas miserables e infectas, donde viven respirando una atmósfera emponzoñada y luchando con el hambre y la desnudez millares de seres a quienes sólo sus hermanos pueden tender una mano piadosa.

Los cálculos de la ciencia económica, los desvelos de la administración, los esfuerzos de los gobernantes, han sido y seguirán siendo impotentes para la resolución del pavoroso problema de la miseria social que, como la esfinge de Edipo, amenaza devorar a las naciones que no acierten a descifrar su oscuro enigma. Sólo queda un camino abierto, sólo queda una doctrina: el camino que nos trazó el Divino Maestro que, sobre la piedra de la caridad, echó los sólidos cimientos de la civilización moderna; la doctrina que Él mismo predicó a sus discípulos por medio de un hermoso símbolo cuando, para hacerles comprender hasta qué punto la caridad puede realizar imposibles, dio de comer con cinco panes y cinco peces a millares de hombres.